恐るべき子供たち

ジャン・コクトー
東郷青児＝訳

角川文庫
22221

目次

一

シテェ・モンティエはアムステルダム街とクリシー街との間にある。クリシー街からゆけば鉄柵《てっさく》を通りぬけるのだし、アムステルダム街からゆけばいつも開かれている大門と、円天井《まるてんじょう》の建物とを通りぬける。その建物の中庭がシテェになっているのだ。ほんとうの細長い中庭で、そこには、建て込んだ家の平坦《へいたん》な高い壁の陰に、一風変わった小さな家がかくれている。写真屋のようなカーテンのあるガラス屋根のこれらの小さな家々には、きっと、画家たちがすんでいるにちがいない。武器や、錦襴《きんらん》や、かごにはいった猫の描いてある油絵や、ボルヴィアの大臣たちの家族を描いた画布などで、家の中はいっぱいになっていそうに思われる。そして、その家々の主たちは、こんなものの間で、誰にも知られずに、けれどもいつかは来るであろう注文や、褒賞《ほうしょう》や、それからすばらしい成功についての夢想などに圧倒されながら、その焦慮をこの田舎《いなか》風《ふう》のシテェの静けさの中にやっとのことで紛らわしながら暮らしているのだ。

だが、一日に二度だけは、すなわち、朝の十時半と、夕方の四時とには、この静けさが破られる。小さなコンドルセ中学校がアムステルダム街七十二号乙に面した門を開いたと思うと、たちまち生徒たちがこの町を本営にしてしまうからだ。ここは彼らのグレーヴの広場なのだ。一種の中世期風な広場、恋愛や、遊戯や、神秘劇やの中庭のようなものであり、切手やビー玉やの取引所のようなものでもあり、また、裁判官が罪人を裁判したり、死刑に処したりする危い場所のようなものでもある。陰謀はここで長いことかかって念入りにめぐらされ、教室にまで持ち込まれる。その用意周到なことは教師たちを驚嘆させるのであった。中学四年級の若い奴《やつ》らときたら全く始末におえないからだ。来年になると、これらの若者たちはコーマルタン街の五年級に進み、アムステルダム街を軽蔑《けいべつ》するようになるだろうし、いばりくさって、背嚢《はいのう》なんかやめてしまい、四冊の書物を革紐《かわひも》やタッピーの小ぎれでしばるようになるだろう。

だが、四年級あたりでは、まだ、眼覚めつつある力が子供としての混沌《こんとん》とした本能のために征服されている。それはちょうど動物や植物の本能のようなもので、この本能が発揮されているところをはたからおさえるのはずいぶんと困難だ。なぜなら、子供らは何か苦しかった思い出だけを覚えていて、大人がそばによると急に黙ってしまうからだ。彼らは黙り込んで、何知らぬ顔をする。この喜劇役者たちは、ふいに、針《はり》鼠《ねずみ》のように逆毛を立てることもできれば、また、植物のように、控え目におとなしくかまえることもできる。そして彼らだけの宗教の、秘密な儀式を決してそとへもらすようなことはしないのだ。どうして若者たちが、偽計や、犠牲や、即時判決や、恐惶《きょうこう》や、刑罰や、人身御供《ひとみごくう》を必要とするのか、私たちにはほとんどわからない。それに、この信者どもは自分たちだけの方言を使うから、ひょっと、私たちが隠れて彼らの言うことを聞いたにしても、とうていわかるものではない。すべての取り引きはビー玉と切手とで行なわれる。贈り物は親分や大将たちのポケットをふくらまし、叫び声は秘密な集合を匿《かくま》っている。だから、もし、あの家の古風な装飾のなかに閉じこもっている画家の一人が、写真屋のようなカーテンの天蓋《てんがい》を操る紐を引っぱってみたとしても、そして、いくら「雪投げをする煙突掃除人《そうじにん》」だとか「鬼ごっこ《ラ・マンショード》」だとか、「腕白者《わんぱくもの》」だとかいう画題のうちのどれか一つだけを描きたいと思ったとしても、若者たちは決してそんなものを提供してくれないであろう。

その夜は雪だった。前の夜から降りつづいていたので町の風物を見違えるようにしてしまった。まるで昔にかえったようであった。そしてこの地面にだけ降ってでもいたように、ただしんしんと降り積もったのであった。

学校へ行った生徒たちがもう捏《こ》ね上げたり、砕いたり、踏みしめたりしたのであろう、凍った道からは、硬くて、泥だらけな地面がはみ出していた。汚《よご》れた雪は、ずっと流れに沿って轍《わだち》をつくっていた。それから、あの小さな家の階段や、雨よけや、玄関にまで続いていた。すきまふさぎや軒蛇腹《のきじゃばら》はふんわりと雪をのせながら、けれどもその重さに撓《たわ》みもしないで、周囲になんとも言えない情緒と、予感をただよわせていた。そして、ラジウム時計のようにひとりでやさしく輝いているこの雪は、石造りの建物を見事に浮きあがらせ、シテェを小ぢんまりと見せるようなビロウドになり、飾りつけ、幻惑して、幻想の客間《サロン》に変えてしまったのだ。

けれども下の方は、それほど気持ちの好い風景ではなかった。ガス燈が誰もいない戦場のようなところを暗く照らしていた。生のまま皮を剝《は》がれた土地は、雨水の割れ目の下にごろごろした敷石を見せていた。下水口の前では、汚れた雪の傾斜が伏兵に都合の好いようになっていた。凍りつくような北風はときどきガス燈の光を弱めていた。そして隅々にはもう静寂な闇《やみ》がせまっていた。

ここから見ると、遠景は変わっていた。あの家はもう奇妙な劇場の座席ではなくなって、まるで、わざと灯を消して、敵の通過を遮断する住居になっていたのである。それはあの曲芸師や、香具師《やし》や、商人らのためのあいている広場のように見えていたシテェの様子を、雪がすっかり奪い去ってしまったからだ。雪はシテェに特別な意義を付与した。戦場としての決定的使用の意義である。

四時十分から雪合戦が開始され、ポーチを通りぬけることは危いくらいになった。ポーチの下には保留品が積んである。それが一人なり二人ずつなり、新たに戦士の加わってくるごとにたくさんになっていった。

――ダルジュロに会ったかい？

――うん……いや、会わないよ。

そう返事をしたのは、ほかの少年に助けられて、最初の負傷者の一人を支《ささ》えながら、それをシテェからポーチの中に連れて来た生徒であった。負傷者は膝《ひざ》にハンカチを巻いて、肩にもたれて、片脚で跳《と》んでいた。

きいた方の少年は悲しい眼つきと青白い顔つきをしていた。きっと病弱な少年に違いない。彼はびっこをひいていた。そして、膝の辺まで下りている短い外套《がいとう》は、瘤《こぶ》のような、何か飛び出たへんな形のものを中に隠していた。と、ふいに、その少年は外套の垂《た》れを後にはらって、生徒たちの背嚢《はいのう》の積んである一角に近よって来た。彼の歩きぶりは、病的に見える腰つきは、その重い革の折鞄《おりかばん》の持ち方のためだったことがわかった。彼は折鞄を投げすてた。すると、もう病弱には見えなくなった。ただ、彼の眼つきだけは、前と同じように悲しそうに見えたのであった。

少年は雪合戦の方へと急いで行った。

右手の、円天井に接した歩道では、一人の捕虜が尋問されていた。ガス燈はこの乱暴な場景を照らしていた。捕虜（小さな子供）は四人の生徒に囲まれて壁に胸を押しつけられていた。大きな生徒が足の間にうずくまった捕虜の耳を引っぱりながら、いやがるのを無理やりにこわいしかめっ面《つら》をしてみせているのであった。まるで相の変わったこのこわい顔の沈黙は犠牲者をこわがらせた。捕虜は泣きだしながら眼を閉じて、頭を下げようとした。そうするたびに、しかめっ面の主は汚れた雪を握って、彼の耳にこすりつけた。

蒼《あお》い顔の少年は、雪球の降る中を、群衆を押しのけて道を切り開いて行った。彼はダルジュロを探《たず》ねていたのだ。彼はダルジュロが好きだった。

こんな愛情は、まだ愛情について考えてみたこともない子供にとって、ただ途方にくれるよりほかしかたのないものであった。それは救いようのない、漠然とした、けれども激しい不幸であり、性も目的もない清浄な欲望であった。

ダルジュロは学校じゅうでの大将だった。自分に挑戦するものも、自分に助力するものも同じように愛好した。ところがこの蒼い顔の少年は、ダルジュロの巻き毛と負傷した膝《ひざ》と、七つ道具を入れたポケットのある上衣とに出くわすと、いつでもどうしてよいかわからなくなるのであった。

合戦はこの蒼白い少年を勇気づけた。彼は走って行って、ダルジュロに出会って、闘い、加勢し、できるだけのことを彼にしてみせたいと思った。

雪は飛んだ。外套《がいとう》に当たって砕け、壁に星を散らした。あっちこっちと暗がりを通して、口を開いた赤ら顔がくまなく見え、目標を指定する手が踊った。

誰かの手が、よろめいている蒼い顔の少年を指さした。少年はまだ呼んでいた。踏段の上に立って、あのダルジュロの部下の一人を見つけ出したところだった。さっきからひどい目にあわされていたのは、その部下であった。彼が「ダルジュ……」と口を開こうとすると、もう雪球が彼の口にぶつかって、中にはいり、歯を麻痺《まひ》させてしまった。少年は笑い声を聞いた。その笑い声のする側の、参謀本部のまん中にダルジュロが頰《ほお》を火のようにして、髪を振り乱しながらおうような身ぶりでつっ立っているのが、わずかにわかるくらいの余裕しか少年にはなかった。

また一撃が彼の胸のまったただ中にぶつかった。悲痛の一撃であった。大理石の拳《こぶし》の一撃であった。彫像の拳の一撃であった。彼の頭はからっぽになった。彼はダルジュロが超自然的な照明のなかで、台のようなものの上に立って、腕をたれながら、茫然《ぼうぜん》としているように思った。

少年は地上に打ち倒れた。口からはこんこんと血がほとばしり、顎《あご》から頸《くび》の方へ流れながら雪を染めた。呼子《よぶこ》が響き渡った。たちまち、シテェはしいんと静まり返ってしまった。ただ、物好きな幾人かが少年の身体のまわりに集まって来た。そして、別に助けようともしないで、ぼんやり紅い泥を見つめていた。気の弱いものたちは指を鳴らしながら、心配そうに遠のいて行った。彼らは唇《くちびる》をとがらして、眉《まゆ》を上げて、頭をゆすぶった。また他のものは、凍った道に置いてある背嚢《はいのう》のところに帰って行った。ダルジュロの一団は踏み台の段々の上にじっと残っていた。とうとう学校の生徒監と、門番とが一人の生徒に教えられながらやって来た。それは負傷者がこの合戦に加わった始めに、ジェラールと呼びかけたあの生徒であった。ジェラールは彼らの先に立っていた。二人は病人を抱き起こした。生徒監は暗い一隅の方に向いて言った。

——おまえだな、ダルジュロ。

——ええ、先生。

——私について来い。

一団は歩きだした。

美の特権はすばらしいものである。美は美を認めないものにさえも働きかけるのだ。先生たちはダルジュロが好きだった。学生監はこの不可解な話に全く当惑してしまった。彼らはその生徒を門番部屋の中に運んだ。人の好い門番の妻君はこの少年を洗ってやって家へ帰らせようとした。

ダルジュロは戸口につっ立っていた。戸口の後には、物好きな頭が押し合っていた。ジェラールは泣いて、友だちの手を握った。

——話してごらん、ダルジュロ。

と学生監が言った。

——話すことなんかありません、先生。雪を投げていたんです。僕も一つぶっつけました。うんと硬かったかもしれません。あいつは胸のまん中にそれを受けたんです。そして、「ほォ」と言って、こんなふうに倒れてしまったんです。はじめ僕はほかの球が当たって鼻血を出したんだとばかり思っていました。

——雪の球が胸を打ち抜くなんてはずはないじゃァないか。

——先生、先生、

とその時、ジェラールの代わりに答えた生徒があった。——あいつは雪の中に石を入れておいたんです。

――ほんとうかい？　それは、
と学生監はきいた。
ダルジュロは肩をゆすぶった。
――返事をしないのか。
――する必要はありません。ほら、眼をあけましたよ。あいつにきいてください。
病人は元気をとりもどした。少年は頭を友だちの腕にもたせかけた。
――どうだい、具合は。
――ごめんなさい。
――あやまらなくたっていいよ。君は病気なんだ。気絶していたんだぜ。
――知っています。
――どうして気絶したのかおぼえてるかい？
――胸のとこに球が当たったんです。
――雪の球が当ったくらいでそんなひどいことになるもんじゃないよ。
――でも、ほかのものなんか、ぶっつけられたんじゃありません。
――君の仲間はその雪球の中に石がはいってたんだと言ってるよ。
病人はダルジュロが肩をゆすぶるのを見た。
――どうかしてるよ、ジェラール、

と彼は言った。――君はどうかしてるよ。あたりまえの雪球だったんだよ。僕は走っていたんです。僕ァきっとのぼせてたんです。

学生監は息を吐いた。

ダルジュロは出て行こうとした。それから、ふと彼は思い返した。みんなは彼が病人の方に歩いて来るのだとばかり思った。けれどもダルジュロは門番たちがペン軸や、インクや、砂糖菓子などを売っている勘定台のところでちょっと逡巡《しゅんじゅん》してから、ポケットの銅貨を、勘定台の縁にのせて、ひき替えに学生たちがよくしゃぶる編上げ靴の紐《ひも》のような甘草の束を受け取った。それから部屋を通りぬけて、軍隊式の敬礼のように手を顳顬《こめかみ》のところに持って行ったかと思うと、そのまま見えなくなってしまった。

学生監は病人を送り届けてやりたいと思った。さっき用意させておいた自動車が彼らを待っていた。ところが、ジェラールはそんな必要はないと言い張った。学生監がいっしょに行くとなおのこと家族のものを心配させるから、病人を送って行くことは自分が引き受けようと言い張った。

――それに、と彼は言葉をそえた。――ごらんなさい。ポールはもう元気です。

学生監は強《し》いて行こうとは言わなかった。雪が降っていた。生徒たちはモンマルトルに住んでいるのだ。学生監は、若いジェラールが自動車に乗って学友を自分の毛の襟巻《えりまき》と外套《がいとう》で包んでやるのを見た。これで、自分の責任は免れたと思った。

自動車は凍った地面の上を静かに走って行った。ジェラールは車の一角で左右にゆれている憐《あわ》れな顔を見つめた。一隅が明るくなっているその蒼《あお》ざめた顔をのぞいてみた。閉ざしている眼はよく見えずに、ただ小鼻のかげと小さな血の汚れがまわりについている唇《くちびる》だけが見分けられた。彼は、「ポール……」とささやいてみた。しかし、信じられないほどの疲労のために、ポールは返事をすることができなかった。彼は手を外套《がいとう》のかさねの外にすべらせて、ジェラールの手の上に置いた。

こんな種類の危険に面したとき、子供たちの考え方は両極端に分かれるものだ、生命のひそむ深淵《しんえん》とその力強い富源とを信じて疑わないでいても、すぐに、最悪の場合を想像する。最悪といっても、子供心には死を見つめるなどということはあり得ないことだったから、少しもそれは現実感を含まないのだけれども。

ジェラールはくり返して言ってみた。――「ポールは死ぬ。いまにポールは死ぬ」と。しかし、そんなことは信じられなかった。ポールが死ぬなどということはぼんやりした夢の続きのような気がした。いつまでも続く雪の上の旅のような気がした。

ポールがダルジュロを愛しているように、ジェラールもまたポールを愛しているものとしたら、それはポールの弱々しげなありさまが、ジェラールをひきつけたのであろう。ダルジュロの燃えるような眼の上にじっと視線をそそぎかけているポールを見つけると、強くて正しいジェラールは、ポールが、ダルジュロのその眼にすっかり心をとられてしまわないように監視し、保護し、絶えず注視していたのであろう。門のそばにいる間のそのジェラールはどんなにばかげていたことか。ポールはダルジュロを捜していた。ジェラールの冷淡さで彼を驚かしてやろうと思っていたのだ。だから、ポールを雪合戦に出したのと同じような感情が彼をポールに従わせなかった。ポールが紅く血に染まって、あのやじ馬がやるような格好をしながら倒れるのを、彼は向こうからただ見ていた。もし近づいて行ったなら、ダルジュロとその仲間が邪魔をしはしまいかと思ったので、反対の方へ助けを求めに急いだのであった。

今ではもう、ジェラールはいつもの調子をとり戻していた。彼はポールの世話をやいていた。それが彼の役目なのだ。ポールを連れて行ってやる。この夢想は、恍惚《こうこつ》とした法悦《ほうえつ》の中に彼をゆすぶった。車中の沈黙といい、街の灯といい、そして、彼の使命といい、すべてが彼にとっては魅惑だった。友だちの弱々しさは化石となって、一定の大きさをとり、ついには彼自身の力がそれにふさわしい役目を見いだしたように思われた。

ふと、ジェラールは、自分がダルジュロを非難したこと、不快な感情があんな言葉を吐かせたこと、したがって自分は一つの正しくないことをしてしまったことなどを考えた。彼は、また、門番のあの室《へや》のことを思い出した。そこには両肩をゆすぶってあたりを見回したダルジュロやポールの碧《あお》い非難するような眼があった。そして、超人間的な努力で――「おまえはどうかしているよ」と、罪人の罪を弁護したポールの姿が浮かんだ。ジェラールは、自分の心をかき乱すこれらの事実を押しのけた。彼にはいろいろな言いわけがあった。火のようなダルジュロの手にかかっては雪球でさえ九枚刃のナイフ以上の怖《おそろ》しい一塊になりうるのだ。ポールはこんなことなんか忘れてくれるだろう。そして、たとえどんなことがあっても、子供は子供の現実、重大で、英雄的で、神秘なその現実にかえらなければならない。この現実は眼に見えないほどの細かい事実によって維持されていて、世界のちがう大人の容喙《ようかい》は、無惨にその幻想を乱すことになる。

自動車は大空の下を走りつづけていた。星を追い越して行った。星の光は疾風の中に明滅しながら艶消《つやけ》しのガラス窓にしみ通った。

突然、物悲しい警笛《サイレン》が二つ聞こえた。その音はさけるように、訴えるように、また弾《はじ》き返すように鳴り響いて、ガラス窓を打ち震わした。消防士の一団が疾風のように通り過ぎたのだ。ジェラールは氷花にきらめいた電光で吼《ほ》え返している建ち並んだ建物の下の方に、赤い梯子《はしご》や、風刺画のように集まっている金色の兜《かぶと》を被《かぶ》った人々やを認めた。

赤い反射がポールの顔の上で踊った。ジェラールはポールがふいに元気づいたのかと思った。けれども消防車のかすめ去る最後の旋風が過ぎ去ると、ポールはまた蒼《あお》ざめた。その時、ジェラールは自分の手の中に握っているポールの手がひどく熱いのに気がついた。このたのもしい熱さが、彼をまたあの非現実的な遊戯にふけらせた。遊戯という言葉の意味は実に広漠としている。ポールは子供たちがふけるあの空想的な半意識の状態をこう呼んでいたのである。これにかけてはポールは名人として通っていた。彼はそれによって容易に空間と時間とを支配していた。みずから夢を誘《いざな》い、さまざまな現実をそれに織り込んだ。そしてある一つの世界の中ではダルジュロさえも彼を賞賛し、彼の命令に従っていたその一つの世界をクラスの中につくって、中立した、どっちつかずな状態で生きることを知っていた。

こいつは空想にふけってるのだろうか？

ジェラールはポールの熱い手を握ったまま、あおむけになったその頭をじっと見つめながら心の中でつぶやいた。

ポールがいなかったら、この自動車もただの自動車であり、この雪もただの雪であり、この灯もただの灯であり、そしてこの帰途もただの帰途であったに違いない。ジェラールは自分をあの恍惚《こうこつ》とした空想の世界に引き込むにはあまりに神経が高ぶっていた。ポールは彼を支配していた。そして、その影響がいつのまにかジェラールのすべてを変えてしまったのであった。

算術や、歴史や、地理や、自然科学やを学ぶかわりに、人々を静かな安全地帯に置き、もろもろの事象に真の意味を付与する、あの、めざめつつ眠る状態を覚えこんだのであった。このような神経質な子供たちにとっては、あのインドの薬品も、彼らが机の陰でそっとかむ消しゴムやペン軸ほどには働きかけないことであろう。

こいつは空想にふけってるのだろうか？

ジェラールのこの考えは間違ってはいなかった。しかし、ポールのふけるその状態は全く別なものだった。通り過ぎる消防のポンプもなんら彼の心を奪わなかったのである。

彼はもっと考えてみようとしたのであったが、もう時間がなかった。家へ着いてしまったのだ。自動車は戸口の前に止まった。

ポールは失神の状態からさめていた。

——誰かに手をかりようか？

とジェラールはきいてみた。

けれどもその必要はなかった。ジェラールが手をかしてやれば、ポールは上がって行けそうだった。ジェラールはただ紙挟みを下ろしてやればよかった。紙挟みを持って、だらりとした左手を自分の頸《くび》にからませているポールをかかえながら、ジェラールは階段を昇った。彼らは二階で止まった。古ぼけた緑色のふらしてんを張った腰掛の破れた腹から毛とスプリングとがはみ出ていた。ジェラールはそこにその貴重な重荷をそっと下ろしてから、右手の戸口に近づいて、鈴《ベル》を鳴らした。急いで来る足音が聞こえた。と、ふいにそこで止まって、ちょっと静かになった。

——エリザベート！

けれども、中からは返事がなかった。

——エリザベート！

ジェラールは力をこめてささやいた。――あけてください。僕たちです。

小さな、けれども意地の悪そうな声が響いて来た。

――あけないわよ！　あんたたち大嫌いだわ！　男の子はもうたくさんよ、いまっころ帰るなんて、ほんとにおかしいじゃないの！

――リベート、と、ジェラールはくり返して言った。――早くあけてください。ポールが病気なんですから……

ちょっと間をおいてから、ドアが少し開かれた。そのすきまからまた声が聞こえた。

――病気ですって？　あけさせようと思って、トリックだわ。そんな嘘《うそ》なんか言って、ほんとう？

――ポールが病気なんです。早くあけてください。ポールは腰掛の上でふるえてるんです。

ドアは大きく開かれた。十六の若い娘があらわれた。彼女はポールに似ていた。黒い睫毛《まつげ》にくまどられた同じような青い眼と、同じような蒼《あお》い頰《ほお》とを持っていた。その短い縮れた巻き毛の下にはポールよりも二つほど年上であるためのあるおとなびた線が見え、そしてそれはただ姉としての素描であることを止めて、弟の顔をもう少し柔らかくしたものになりながら、その混乱のまま「美」に向かって急いでいた。

薄暗い入り口からは、エリザベートの白い顔と彼女には長すぎる割烹着《かっぽうぎ》の、その汚点とがまず見えた。冗談だと思っていたことがほんとうだったので彼女は声をひそめた。彼女とジェラールは、よろめいてぐったり頭をたれたポールを抱きかかえた。その場ですぐ、ジェラールは事の顚末《てんまつ》を説明しようとした。

——ばかね、

とエリザベートは吐息をもらした。——へまばかりやってるわ、そんな大きな声じゃなきゃ話せないの？　母さんに聞こえたら困るじゃないの……

彼らは食堂のテーブルの横を回って、右手の子供部屋にはいった。

この部屋には二つの小さな寝台と簞笥《たんす》と暖炉と三脚の椅子《いす》とが置いてあった。二つの寝台の間には、化粧室兼炊事場になっている室へ通じるドアがあった。この室には戸口からもはいられる。部屋を一眼見ると驚いてしまう。寝台でもなかったら、おそらく物置だと人は思うにちがいない。いろいろな箱や下着やタオルなどが床一面にちらばっていた。絨毯《じゅうたん》からは筋糸がはみ出している。暖炉のまん中には石膏《せっこう》の半身像が構えていた。それにはインキで眼玉と髭《ひげ》が描いてある。活動の人気役者や拳闘家《けんとうか》や殺人犯人などの載っている雑誌、新聞、それから、プログラムなどから切り取ったページがいたる所にピンでとめてあった。

とりちらかったものを足げにしながらエリザベートは道を開いた、彼女はぶつぶつ言っていた。それから二人はやっと、本でいっぱいな寝台に病人を下ろした。ジェラールは、雪合戦の模様を話しだした。

――ばかばかしい、

とエリザベートは言った。――あたしが一生懸命になって看病をしているのに、病気の母さんを看病しているのに、あんたたちは雪合戦なんかして楽しんでたのね。病気の母さん！

彼女はこのもったいぶった言葉に満足して言った。

――あたしは病人の母さんの世話をしているのよ。それだのに、あんたたちは雪合戦なんかして。きっとあんたでしょう、ポールを連れて行ったのは。とんま！

ジェラールは黙ってしまった。彼は姉弟の感情的な語法や、彼らの学生言葉や、決してゆるんだことのない緊張味を知っていた。それだのに彼は気が弱くて、そのためにいつも少しばかり心を痛めた。

――誰がポールを看《み》てやるの？　あんた？　それともあたし？

と彼女は続けた。――ばかみたいにどうしてそんなとこに立ってるの？

――リベート……

――そんな、あたしはなにもあんたなんかにリベートなんて呼んでほしくはありませんよ。ずうずうしいったらないわ。おまけに……

ほかの声がその話をさえぎった。
――ジェラール、
とポールが口の中でつぶやいたのであった。
――こんないやな奴《やつ》の言うことなんか問題にしちゃいけないよ。まったくいやにな
っちゃうんだよ。
エリザベートはばかにされて、飛び上がった。
――いやな奴だって！　じゃァ、勝手にするがいいわ。自分たちこそいやな奴じゃ
ないの。勝手に、自分ひとりで世話をするといいわ。もうたくさん！　雪をぶっつけ
られてへたばるようなとんまなんか……。こんなことで気をもむなんて、ほんとにば
かげてるわ！……あのね、ジェラール、
と、彼女はいま話していることとまるで関係のないことを言いだした。
――これ見てよ。
ふいに、彼女は右足を頭よりも高く跳《は》ね上げた。
――もう二週間も練習したのよ。
と彼女はまた稽古《けいこ》を始めた。
――じゃ、もうお帰り！　早くお帰りってば！
彼女は戸口を指さした。

ジェラールは敷居のところでためらった。

——あのう……

と彼は聞きとれないほどの早口で言った。

——お医者を呼ばなくちゃならないと思うんだけど。

エリザベートはまた足を跳ね上げた。

——お医者さん？　どうもありがとう。ばかにお利口さんだわね。先生はね、七時に母さんを見舞いにおいでになりますからね、そのときポールも診《み》ていただきますわよ。さあ、お帰り！

と彼女は言いきった。ジェラールはもじもじしていた。

——あんた、まるでお医者さんみたいね？　じゃないんでしょう、じゃなきゃァお帰んなさいよ！　お帰んなさいってば！

彼女は足をじたばたさせながら、ジェラールをにらんだ。彼はあとじさりをした。あとじさりをしながら暗い食堂を出て行ったので、椅子《いす》をひっくり返した。

——ばか、ばか！

と娘はくり返した。——起こさなくったっていいわよ。そんなことをしてまた他のをひっくり返すんでしょう。早くお帰んなさい！　静かにドアをしめるのよ、音を立てないようにして。

階段の下り口でジェラールはふと、自動車を待たしておいたことを思い出した。それだのに、彼は一銭も持ち合わせていなかった。けれども彼はもう一度、ひき返してまた鈴《ベル》を押す元気はなかった。エリザベートはあけてくれないにきまっているし、もしあけてくれたとしても、それはジェラールだと思ってでなく医者の来たのと思いちがえてのことだろう。ジェラールはめちゃめちゃに罵倒《ばとう》されるにちがいなかった。

ジェラールは、ラフィット街の伯父《おじ》の家に住んでいた。その伯父はジェラールの育ての親なのであった。そこまで行ってわけを話して、伯父から自動車代をもらおうと決心した。

さっきまで、ポールが寄りかかっていた車の隅に、彼は腰を下ろしていた。わざと頭をうしろにもたせかけて、車の振動に任せたが、もう、あの恍惚《こうこつ》とした放心状態にふけろうとはしなかった。彼は苦しかった。おとぎ話のようなあの回想がポールとエリザベートの、あの張り合いのない雰囲気《ふんいき》に終わったのである。エリザベートは彼の眼をはっきりさせた。そして、ポールの病気があんな残酷な気紛れによって起こったことを思い出させた。ダルジュロにやられたポール、ダルジュロの犠牲になったポールは、ジェラールが奴隷になっているポールではなかった。自動車の中での、ジェラールの振舞いはどことなく狂人が死人をもてあそんだというような感じのものだった。けれども、こんなよくないことを彼は気づいてはいなかった。ただ、あの時のものの柔らかな感じを、降り積もった雪と仮死した少年との不思議なとり合わせから来た思いちがいだと思った。あの道すがら、ポールが元気に見えたのは、消防自動車の疾走する束《つか》の間《ま》の反射によって、血を回復したかのように見えたからだ。

むろん、彼はエリザベートを知っていた。彼女が弟に持っている尊敬と、そして、そこから期待される愛情とをよく知っていた。エリザベートとポールとは仲がよかった。彼は彼らの愛情の嵐《あらし》を、彼らの眼差《まなざ》しが交わす電光を、彼らの気紛れな衝突を、彼らの憎々しげな言葉づかいを知っていた。彼は頭をうしろにそらしたまま揺られながら、襟《えり》を風に吹かれながら静かに考えを整理した。しかしこの賢さが、あのエリザベートの調子はずれな荒々しい言葉の裏に、燃えるような優しい心のひそんでいることを読みえたとしても、その不仕合わせなエリザベートのうらはらな性格のために、ポールの仮死に、仮死の真実に、大人の世界にある仮死に、彼女自身遭遇するかもわからない一つの恐ろしい結果にまで、思い及ぼすことはできなかった。

ラフィット街に着くと、ジェラールは運転手に、しばらく待っていてくれるように頼んだ。運転手はぶつぶつ言った。ジェラールは大急ぎで上がって行って、伯父《おじ》を見つけ出して、この人のよい伯父を説き伏せてしまったのであった。降りてみると、町はただ雪がいっぱい降っていて、がらんとしていた。運転手はとうとう待ちきれないで次の客をつかまえでもしたのであろう、その姿はどこにも見あたらなかった。ジェラールは金をポケットにしまい込んだ。——これは内証《ないしょ》にしておこう。そしてこいつで、何かエリザベートに買って行ってやろう。そうすればポールの容態をきく口実がつくれるのだ。——彼はそう考えた。

モンマルトル街では、ジェラールが出て行くと、エリザベートは母の部屋にはいって行った。この部屋はみすぼらしい客間とともに住居の左側にあった。病人は眠っていた。四か月前から激しい病気にとりつかれている彼女は、まだやっと三十五だというのに老婆のように痩《や》せほうけて、ただ死ぬときの来るのを待っているのであった。彼女の良人《おっと》は彼女を惑わし、言葉巧みに蕩《たら》したあげく、めちゃめちゃにして捨ててしまった。三年の間、彼女の良人はたまにしか顔を見せなかった。彼はそこで醜い光景を演出した。肝臓硬化症が彼をここに引き戻して来たのであった。彼は看病されることを要求した。ピストルを振り回しながら自殺すると言ってわめきたてた。そんな発作が過ぎると、彼は病気になるたびに彼を追い出してしまうその情婦と、またいっしょになった。あるとき、彼はひょっくりとやって来て、じたばたして床についたと思うと、こんどは出て行くこともできないで、彼自身同棲《どうせい》を拒んでいた妻の家で死んでしまった。

一種の反抗的な気持ちがこの衰えきった妻君を、子供たちには見向きもしない、けばけばと化粧をして、毎週女中をとりかえたり、ダンスをしたり、ところかまわず金をあさり歩く、そんな母親にしてしまったのだ。

エリザベートとポールとは、その蒼白《あおじろ》い顔を彼女から享《う》けていた。父親からは、そのだらしなさと気どり好きなことと、恐ろしいむら気とを享けついでいた。

なぜ生きていなけりゃぁならないのだろうか？　と彼女は考えた。その家の昔からの友だちである医者は、子供たちを見殺しにしておくようなことはしないだろう。体のきかないこの女は、子供と家全体をしぼませているのであった。

——寝てるの、母さん？

——うつらうつらしてるんだよ。

——ポールが怪我《けが》をしたのよ。寝かしといたわ。お医者に診《み》せようと思うの。

——痛がってる？

——歩くと痛いんですって、母さんによろしくだって。またものいりだわねえ。

病人はため息をついた。彼女はずっと以前からみんな娘まかせだった。彼女は苦痛に対してひどく利己的になっていた。だからそんなことはあんまり聞きたがらなかった。

——女中は？

——相変わらずよ。

エリザベートは自分の部屋に帰った。ポールは壁の方を向いていた。

彼女は彼の上に体をかがめて言った。

——眠ってるの？

——うるさい！

——ご挨拶《あいさつ》ね、あんたは「出かけ」てるの？（姉弟の訛言葉《なまりことば》にしたがうと、出かけているというのは、放心によってつくられる夢遊的状態を意味するのだ。出かけるところだとか、出かけているとか、出かけたとか言われていた。出かけている放心者の邪魔をするのは、容赦ない罪を構成するのである）あんたは出かけて、あたしはいつだって働いているのよ。ほんとにいやな子だわ。きたならしいったらありゃしない。さあ、足をお出し、靴を脱がしてあげるからさ。凍えそうな足してるじゃないの、湯たんぽを入れてあげるから待ってるのよ。

彼女は汚《よご》れた靴を半身像の傍に置いて、台所の方へ消えて行った。ガスをつける音がした。それから、彼女は戻って来て、ポールの着物を脱がし始めた。彼はぶつぶつ言いながら、それでもされるままになっていた。そして、手助けが必要になると、エリザベートは「顔をおあげ」だの「足をおあげ」だの「そんな、死んだまねなんかすると袖《そで》がとれないじゃないの」などと言うのであった。

だんだん、彼女は彼のポケットをからっぽにして行った。インキのしみついたハンカチだの、雷管だの、袂《たもと》くそのひっついた棗《なつめ》実菓子だのを床に投げ出した。それから簞笥《たんす》の引出しをあけて、残りのものを――小さな象牙《ぞうげ》の握りや、瑪瑙《めのう》のビー玉や、万年筆の鞘《さや》などをその中にしまい込んだ。

これらは宝物だった。子供たちにとっては、途方もなく大切な宝物だった。けれども、引出しの中の宝物はその用途からひどく離れた象徴的なものばかりであったから、門外漢には、イギリスの鍵《かぎ》だの、アスピリンの容器だの、アルミニュウムの指環だの、髪鏝《かみごて》だのの、ほんのがらくたにしか見えないのであった。

湯たんぽは温かだった。彼女はぶつぶつ言いながら、夜具を剝《は》いで、寝間着を投げ出してから、まるで兎《うさぎ》の皮を剝ぐようにポールのシャツを脱がしてやった。ポールはそのたびに、体をつっけんどんに動かした。こんな親切をされるたびに眼に涙がにじむのであった。彼女は夜具のへりを折って、すっぽりと彼を包んでやってから、さよならの身ぶりをしながら言った。

——おばかさん！　おやすみ……

それから彼女は、その唇の間から少し舌をのぞかせたまま、じっと眼をこらして眉《まゆ》を寄せながら、体操をやり始めた。

そのとき、ベルの音が彼女を驚かした。呼鈴は響きが悪かった。布で巻いてあったからだ。医者が来たのであった。エリザベートは医者のマントを引っぱって、弟の寝台のところへ連れて来た。そして、それを説明した。

——私だけにしといておくれ、リーズ。検温器を私のところに持って来てね。それから客間で待っていておくれ。聴診したいと思うんだが、そばで人が動いたり、こっちをじっと見ていたり、そんなことをされるのがいやなんだからね。

エリザベートは食堂を通り抜けて、客間にはいって行った。雪は奇跡を続けていた。子供は肱掛椅子《ひじかけいす》の後に立って、雪のために空中に吊《つ》るされてでもいるように見える見慣れない部屋を見回した。真向こうの歩道の反射が明暗のある幾つかの窓の影を天井に映していた。そして実物よりも小さい、通行人の影を唐草模様《からくさもよう》のようにおりなした光線のレースがぐるぐると動いていた。

空間に吊《つ》るされているように思われるこの部屋の錯覚は、軒蛇腹《のきじゃばら》と地面との間に、不動のスペクトルをつくっているにぶいガラスのためにいっそう強められていたのである。ときどき、自動車が、太いまっ黒な光線を動揺させて行った。

エリザベートは空想にふけろうとした。けれどもだめであった。彼女の心臓は鳴っていた。この雪合戦の結末は彼女にとってもまた、ジェラールにとってそうであるのと同じように、もはや彼女たちをあのおとぎ話の世界にひき入れることはできなかった。医者は、熱と死とによって絶えず脅かされるきびしい現実の中に、彼女を置いたのである。一瞬間、彼女は、体の不自由な母と、死にかかっている弟と、隣の女《ひと》が持って来た冷たい肉やバナナや、時間かまわず食べるビスケットなどの食事や、女中のいない愛のない家などを、ちらっと見たのであった。

ポールと彼女とは、麦飴菓子《シュウタルドルジュ》をよく食べた。彼らはそれを寝床の中で、罵《のの》り合ったり、本を交換し合ったりしながらむさぼりつづけた。なぜなら、彼らはたった数冊の本を、それも、いつまでも同じ本を、うんざりするほど読みふけらなければならなかったからである。この状態は、まず、シーツの皺《しわ》をきちんとのばしたり、こぼれているパン屑《くず》を細心な注意をもって払い落としたりするおそろしく厳密な検査から始まって、酷《ひど》いごったがえしがこれに続き、うんざりしきった結果があの恍惚《こうこつ》とした空想に彼らをひき入れてしまう。それは一種の儀式のようなものであった。

――リーズ！

エリザベートはもう悲しくはなかった。医者の呼び声が彼女をびっくりさせた。彼女はドアをあけた。

――もうすんだよ、

彼は言った。――なんにも心配することはないよ。たいしたことはないんだ。たいしたことはないんだが、すてとくわけにはいかない。ともかく、あの子は胸が弱かったからな。ちょっと弾《はじ》かれたって参るんだ。学校なんかもう問題じゃない、安静だよ。安静の上の安静だ。でも、怪我《けが》だと言っておいてほんとによかったよ。何も母さんを心配させなくてもいいからね。もうおまえはおとななんだから、みんなおまえに任せるよ。女中を呼んでおくれ。

――もう、女中はいませんの。

――よろしい。それでは明日、看護婦を二人よこそう。それに、病人の世話や勝手の仕事を交代でやってもらいなさい。買物の用事もやってくれるだろうから、おまえはその人たちをただ監督するだけだ。

エリザベートは別にありがたがりもしなかった。奇跡の中で生きることに慣れている彼女は、驚きもしないでこれらの奇跡をうけ入れた。彼女は奇跡を待っていた。そして奇跡はいつもひとりでにやって来た。

医者はエリザベートの母をみてから帰って行った。

ポールは眠っていた。エリザベートはその寝息を聞きながら、じっとポールを見つめていた。急に激しい愛情が彼女のまじめくさった顔に浮かんだ。眠っている病人をうるさがらせるのはよそう。それから注意深く看《み》てやろう。ポールの眼瞼《まぶた》の下に紫色のしみがあった。ふくれた上唇が、下唇の上にとび出していた。エリザベートはむき出しになっているポールの腕に耳をおしつけてみた。なんという騒々しい音が聞こえることであろう。エリザベートは自分の左耳をふさいだ。彼女自身の騒音がポールのそれに加わる。彼女は急に不安になった。もしこのただならぬ騒音がさらに増加したら、それは死だ。

――ねえ！

彼女は彼を起こした。

――え？　なんだい？

ポールは伸びをした。するとエリザベートの恐ろしげな顔が見えた。

――どうしたのさ。気でも狂ったの？

――あたし？

――むろん君さ。うるさいったらありゃしない。ひとを眠らしておきたくないんだね？

――ひとだって？　あたしだって寝たいのよ、だけどあたしは起きてて、あんたに食べさして、あんたの音を聞いてるんじゃないの。

——音だって？

——いやな音よ。

——ばか！

——それに、あたしあんたにすてきなことを教えてあげようと思ったんだけど。どうせあたしはばかだから、教えてなんか、あげないわよ。

「すてきなこと」という言葉がポールをそそのかした。けれどもうっかり見えすいた計りごとには乗らなかった。

——しまっとくんだね。そのすてきもないことを。

と彼は言った。——僕の知ったことじゃないよ。

エリザベートは着物を脱いだ。姉と弟の間には何の遠慮もいらなかった。この部屋は、彼らが、まるで同じ体の二本の手のように、生活したり、洗ったり、着物を着たりする一つの甲殻だった。

彼女は冷肉や、バナナや、牛乳やを病人の側の椅子《いす》の上に置いた。それから、乾菓子と、柘榴水《グルナディーヌ》をからっぽの寝台の傍に運んでそこに寝た。

彼女はだまって読んだり食ったりしていた。ポールは好奇心に駆られて、医者がどう言ったか、彼女に尋ねた。けれども、彼にとって医者の診断などはどうでもいいことだった。ただ「すてきなこと」が聞き出したかった。その「すてきなこと」はそこからしかやって来るはずはなかったからだ。

弟の質問に邪魔されながら、けれどもだまっているとまためんどうくさくなるので、本から眼を離さないで何か食べつづけながら、冷淡な声で言い放った。

——あんたはね。もう学校なんかやめちゃわなけりゃいけないんだって。

ポールは眼を閉じた。激しい煩悶《はんもん》が彼に、ダルジュロを、よそで生活しつづけて行くダルジュロを、ダルジュロのいない彼自身の未来を思い浮かべさせたのであった。

ポールはたまらなくなって言った。

——リーズ!

——え?

——リーズ、気持ちが悪いんだよ。

——よし、よし、
彼女はかじかんだ脚《あし》をびっこひきながら起き上がった。

——どうしてほしいの?

——僕ね、……あんたに、僕のそばに、僕のベッドのそばにいてほしいんだけど。

ポールは涙を流していた。まるで小さな子供のようにべそをかきながら、顔じゅうを涙や洟《はな》で汚しながら泣いていた。

エリザベートは自分の寝台を炊事場の戸口の前に引き寄せた。そして、椅子《いす》を間に挟んで弟の寝台とほとんどふれ合うようにした。彼女はまた横になって、不幸な弟の手を静かにさすってやった。

——まあ、まあ、……

と彼女は言った。——おばかさんね、ほんとうに、学校に行かれないからって泣くの？　あたしたちは、あたしたちの部屋に閉じこもって暮らそうって言うんじゃないの。看護婦が来るのよ。そうおっしゃったわ、先生が、そうなると、わたしはボンボンだの読書室だののためにしか出て行かなくてすむのよ。

涙は哀れな蒼《あお》ざめた顔の上にしめったあとを描いた。そして、その幾粒かが睫毛《まつげ》のはしから、ぽたぽたと長枕《ながまくら》の上に落ちた。

自分でもどうして好いかわからないこんな不仕合わせの前で、リーズは唇をかんだ。

——こわいの？

と、彼女はきいた。ポールは頭を左右に動かした。

——勉強がしたいの？

——ううん、

——じゃどうなのさ？　ばかね、……（彼女はポールの腕をゆすぶった）空想にふけりたいの？　さ、洟《はな》をかんで、こっちをごらん！……催眠術で眠らせてあげるから、彼女は近づいて来た。そして、途方もない大きな眼をぐっと見開いた。

ポールは泣いていた。すすり泣いていた。エリザベートは疲労を感じた。彼女もまた、あの恍惚《こうこつ》とした放心の状態にはいりかかった。彼を慰め、彼を眠らせたかった。ポールの哀《かな》しみを理解してやりたかった。けれども、耐えがたい睡気《ねむけ》が、あの雪の上をかすめ去る自動車のようにぐるぐる回る黒い大きな光線になって、それらの努力を追い払ってしまうのであった。


その翌日、人手はすっかりととのった。五時半に、白いブルーズを着た看護婦が、ジェラールに扉《とびら》をあけてやった。ジェラールはボール箱にはいった造花のパルム菫《すみれ》を持って来た。エリザベートはすっかり魅せられてしまった。

――ポールのところ行ってやってよ。

と彼女はすなおに言った。

――あたしは、母さんの注射を見ててあげるんだから。

顔を洗って、髪を梳《と》かしたポールは、すっかり見ちがえるような顔つきをしていた。彼はコンドルセのことを訊《き》いた。彼の聞いたことは驚くべきことだった。

今朝、ダルジュロは校長のところへ呼び出された。校長は生徒監から聞いたことを確かめてみようとしたのであった。

ダルジュロはすっかり腹を立てた。ひどく人をばかにした調子で、「そうだ、そうだ」と言うような返辞のしかたをした。校長は椅子《いす》から立ち上がりざま、テーブルの上を握り拳《こぶし》でたたきながら彼を脅した。ふいにダルジュロは上衣から胡椒《こしょう》の瓶をとり出して、その中味を校長の顔いっぱいに投げかけた。

ものすごい結果であった。ダルジュロは喫驚《びっくり》した。形容しがたい堰《せき》のようなものが破れて、狂暴な洪水が押し寄せて来るのかと思われた。反射的にダルジュロは椅子《いす》の上に跳《と》び乗った。そしてその高いところから、胡椒で眼をつぶした老いた盲人が、カラーを引きむしってテーブルの上をころがりながら、怒号しながら、あらゆる精神錯乱の徴候を示している光景を見つめていた。ちょうどその前日あの雪を投げつけたときと同じように、茫然《ぼうぜん》として高いところにつっ立っているダルジュロのありさまは、悲鳴を聞いて駆けつけて来た生徒監を敷居のところで釘《くぎ》づけにした。

学校には死刑という刑罰がなかった。人々はこのダルジュロに退学を命じるとともに、校長を病室に運んだ。ダルジュロは頭をしゃんと起こして口をふくらませながら、挨拶《あいさつ》もせずに柱廊を横切って行ったのである。

このようなできごとを友だちから聞かされた病人の気持ちを想像してみるがよい。ジェラールはそれを話すのに、少しも勝ち誇った様子を見せようとはしなかったので、ポールもまた自分の苦痛をもらそうとは思わなかった。けれどその苦痛は、彼のおさえている力よりもなお強かった。

彼は尋ねた。

——君あいつの住所、知ってるかい？

——知らないね。あんな奴《やつ》、住所なんか人に教えるもんか。

——かわいそうなダルジュロ、それじゃ、もう、あいつのもので残ってるのはあれだけだ。写真を持って来て！

ジェラールは、半身像のうしろから写真を二枚捜し出してきた。一枚はクラスでいっしょにとったものである。生徒たちは背の順に、段々に並んでいる。先生は左側に、ポールとダルジュロとは地面にしゃがんでいる。ダルジュロは腕を組んで、フットボールの選手のように、自分の勢力の一つの象徴である頑丈な脚を誇らしげに見せている。

もう一つの写真は、アタリに扮《ふん》したダルジュロであった。サン・シャルマーニュの祭りに、生徒たちは「アタリ」を上演したことがある。ダルジュロはこの劇の表題になっている役割を演じたがった。羅《うすもの》を頭にかぶった金ぴかなダルジュロは、まるで虎《とら》の子のようであり、一八八九年の、大悲劇役者たちにも似ていたのだ。

ポールとジェラールとが追懐にふけっているとき、エリザベートがはいって来た。

――これ入れてもいい？

ポールは二番目の写真を振りながら言った。

――何を、どこに入れるのよ？

――宝物の中に、

――何を入れるの？　宝物の中に、

子供はまた暗い顔をした。彼女は宝物を尊重していた。新しい品物を宝物の中に加えることは、容易なことではなかった。彼女は熟議を要求していた。

――相談してるんじゃないか、と弟が言った。――僕に雪をぶっつけた奴《やつ》の写真なんだけれど。

――お見せ。

エリザベートは、ながいあいだ写真を調べていた。なんとも答えなかった。

彼は言葉をつけたした。

——こいつ、僕には雪をぶっつけたし、校長には胡椒《こしょう》をぶっつけて退校させられちまったんだよ。

エリザベートは、その写真をじっと見つめて熟考しながら、部屋を端から端へ、拇《おや》指《ゆび》の爪《つめ》をかみながら歩き回った。けれどもとうとう引出しを半分ほどあけて、そのすき間から写真をすべり込ませながらしめてしまったのである。

——いやな顔、してるわ。

と、彼女は言った。——ジラフ、(それは、ジェラールの愛称だった) ポールを疲れさしちゃいけないことよ。あたし母さんのところへ行きますからね。看護婦を監督するのよ。なかなかめんどうだわ。あのひとたちときたら、すぐ勝手なことをしたがるのよ。ちょっとだって眼が離せやしないの……

そして、半分まじめに半分おどけながら、彼女は芝居のような身振りをして頭髪に手を回しながら、重々しい歩きっぷりをして部屋を出て行ったのであった。

医者の保護によって生活はもとの調子に戻った。けれどもこんな安息さは子供たちに少しの影響も及ぼさなかった。彼らには彼ら自身の安易な世界がある。そしてそれは非常に非現実的なものであった。ただ、ダルジュロだけがポールを学校にひきつけている。いまダルジュロが退学させられたとなると、もうコンドルセはただの牢獄《ろうごく》にしかすぎなかった。

けれどもダルジュロの魅力はしだいに調子を変えていた。それは少しも減少されることはなかった。それどころかこの生徒は、いよいよ大きくなりいよいよ飛揚して、部屋から空にのぼった。彼のあの疲れた眼、縮れた髪、厚い唇、大きな手、栄光に輝く膝《ひざ》などは、しだいに星座の形をとってきたのである。それらは動き、旋回し、おのおのが空間によって分離された。要するに、ダルジュロは宝物の中の写真と一致してきたのだ。モデルと写真とが一つに同化してしまったのだ。原型が不必要となったのだ。抽象的な形が、美しい動物を理想化して、幻術的地帯の付属物を豊富にする。そして、ポールは解放され、彼に閑暇以上のものをもたらさないところのその病気を気ままに享楽しつづけたのだ。

看護婦たちの手助けも、部屋の中の無秩序を征服することはできなかった。無秩序は日を追うて激しくなり、まるで街をなしていた。ごたごたした箱の遠景、紙の湖、下着類の山などは、病人の街であり、装飾である。エリザベートはそれらの眺望を破壊した。洗濯女を口実にして下着類の山々が崩壊されるのを喜んだ。そしてそれがなければお互いに生きてゆくことのできない、あの激しい嵐《あらし》のような口喧嘩《くちげんか》の原因になるものが、それによって存分に供給されることを喜んだ。

ジェラールは毎日やって来て、大げさな言葉を浴びせかけながら迎えられた。彼は微笑して頭をたれていた。彼のもの柔らかな習慣は、この大げさな応接に対しても、彼を免疫にしていたのである。ジェラールはもうそれによって、少しも動揺しないばかりかかえって親愛の情を味わった。ジェラールの平気でいるのに対して、彼らは彼のことをへんに（英雄的に）感じた振りをしながらどっと笑いだしたり、彼に関することで彼らが内証《ないしょ》にしていることをこっそりと吹き出したりするのである。

ジェラールは、そんなプログラムを知っていた。だからべつに気を悪くしないで、もう誰も口に出さなくなっているような、何か最近の気まぐれの跡でもないものかと、我慢強く捜し回った。たとえばある日、石鹼《せっけん》で鏡の上に書いてあった大きな字を読んだのだ。

「自殺は恕《ゆる》すべからざる罪悪なり」

このやかましい消え残った金言は、半身像に描いてある髭《ひげ》の役割を、鏡の上で演じているものだ。それはまるで水で書いたもののように、子供たちには見分け難いものであった。そしてもう今では、みんなが忘れてしまっているあるときの彼らの情熱的な挿話を語っているものである。

だがポールは、不器用な言葉をもってこの緩慢な武器をそらした。そして、姉に眼で知らせた。二人はあまり手ごたえのないこの獲物《えもの》にはかまわずに、空想といういつもの習慣速力に乗じるのであった。

——ああ、

と、ポールはため息を吐いた。——自分だけの部屋が持てたらなあ……

——あたしにも、あたしの部屋が持てたらねえ。

——さぞ、おきれいなことだろうよ、あんたの部屋は！

——むろん、あんたのよかきれいよ！　ねえ、ジラフ、このひとったら、飾りランプがほしいんだって、……

——だまってろよ！

——ジラフ、それからね、このひとは、暖炉の前に石膏《せっこう》のスフィンクスを置いて、ルイXIV世風の飾りランプをペンキで描きたいんだって。

彼女は吹き出してしまった。

——ほんとなんだよ。僕はスフィンクスと飾りランプがほしいんだ。あんたなんかにわかってたまるもんか。

——あたしだって、こんなとこにいるのごめんよ。あたし、ホテルに住むの、あたしもうすっかり用意してあるんだから、ホテルに行くわ。あんたなんか、自分ひとりで自分の世話をするがいい！　こんなとこにいるの、いやなこった。もう荷物だって、ちゃんとできてるから、もう、こんな無作法なひとといっしょにいるのごめんだわ。

　この場景の最後は、いつでもエリザベートが舌を出して逃げながら、部屋の中に積み上げられたがらくたの山々を、スリッパでけ散らすようなめちゃめちゃ騒ぎになるのである。ポールは彼女に唾《つば》を吐きかける。彼女は力任せにドアをしめる。そして、またほかのドアを自棄にしめる音が、遠くから聞こえて来るのであった。


　ポールはときどき、軽妙な夢遊病の発作を起こした。発作は非常に短かった。エリザベートはこわがるどころかかえって激しい興味を持った。それはただ、病人を寝床のそとに連れ出すくらいのものであったから。

　ポールの長い足が寝床から抜け出して異様に動き始める。まるで、生きた機械人形のように器用に歩き回ってそれからまたもとの寝床にもぐり込む。エリザベートはその間、呼吸を殺して見守っているのであった。

　母の急死は嵐《あらし》を中止させた。彼らは母を愛していた。それだのにその母を手荒く扱っていた。夢にも母が死ぬなどとは思い設けなかったからである。だから彼らはこの不意の出来事を、みんな彼らの責任だと思い込んだ。彼らはたとえようのない心痛の中に沈んだのであった。ある晩、はじめて病床を離れたポールが、部屋の中で姉といがみあっている間に、その母は誰にも知られることなしにひとりで死んでいたのである。

看護婦は台所にいた。口争いがとうとうひどい喧嘩《けんか》になった。エリザベートは頬《ほお》を火のようにしながらその避難所を病人の肱掛椅子《ひじかけいす》のそばに求めた。そのときだった。眼と口とを大きく開いて、いっしんに彼女を見つめている見も知らぬ大きな女を、無惨にもすぐ眼の前に発見した。

硬直した死体の腕と、肱掛椅子につかみかかったその指とは、死人だけが持っている、あの異様な特徴の一つをそのままに持っていた。医者は前からこの打撃を予想していた。子供たちは茫然《ぼうぜん》と蒼《あお》ざめて、この石化した叫びを、生きた人間と死骸《マネキン》との置換を、彼らの知らない、激怒したヴォルテール（訳者言う、ヴォルテールは、懐疑主義Voltairianisme の主唱者なり）を、まのあたりそこに見たのであった。

この幻影の跡は、長いあいだ彼らの心に残っていることであろう。葬式が済んでからまた子供たちは、涙やよりどころのない茫然とした気持ちや、ポールの病気の再発や看護婦を世話して家事を見てくれた医者やジェラールの伯父《おじ》たちの親切な計らいなど、次々にさまざまなことに遭遇した。そして再びもとの鼻をつき合わせる生活にはいったのであった。

けれどもあの母の死は、ほとんど架空のできごととしか思われない。それは母の記憶を困難にするどころではなく、その思い出をいっそう鮮やかにさせたのだ。あの死のときの激しい印象も、彼らが愛惜する母そのものには何の関係もなく、ただもの悲しい影像を残しただけであった。このような純真でしかも粗野なものたちには、単に習慣的に去って行くものを哀《かな》しむ感情は、すぐ失ってしまいがちだ。彼らは順応することを知らない。ただ動物的な本能によって、動物の子としての野性を持っているだけなのだ。とはいえ、母のいなくなったその部屋には何か不思議がなければならない。死の不可思議は未開時代の墳墓のように死を庇護《ひご》する。そしてまたよく子供たちが、ほんのちょっとしたへんなことのために非常に重大なできごとを記憶していることがあるように、思いがけない空想の世界の中で光栄のある位置を保っているのである。

再発したポールの病気は長びいた。ポールは危険な状態に置かれた。看護婦のマリエットは親身になって看護した。医者は機嫌《きげん》が悪かった。

彼は安静と、休息と、食餌《しょくじ》療法とを命じた。ついであるごとに、指図をしたり必要な金額を与えたりしてやってきた。そしてまた、その指図が履行されているかどうかを確かめに立ち寄ってみるのであった。

はじめの間、人づきの悪いエリザベートはいつも喧嘩腰《けんかごし》だった。だが結局マリエットの大きな薔薇《ばら》色の顔とその灰色の巻き毛と親身な心情とに征服されてしまったのだ。マリエットはあらゆることに献身的であった。この無教育なブルターニュ人のお媼《ばあ》さんは、ブルターニュに住んでいる孫のことばかり考えているのであったが、そのためにあの子供たちの、象形文字にも似た心の動きを、判読することができたのだ。

冷静にものごとを判断する人々から見たならば、エリザベートとポールとは、一種複雑な心的状態にあるものであると断定するにちがいない。気違いの伯母《おば》と、アルコール中毒の父の遺伝とをうけていると主張するにちがいない。なるほど彼らは複雑かもわからない。だが、いうならば彼らは、あの薔薇の花のようなものだ、ただ見れば一輪のその花が、見ようによっては一枚一枚錯綜《さくそう》した花弁によって構成されているまことに複雑なものに見える。それはその判断を下す人自身の複雑さを説明しているようなものだ。単純そのもののように単純なマリエットは、その単純さをもって眼に見えないものを見抜いた。彼女は快く子供たちの持っている雰囲気《ふんいき》の中に順応して行った。そしてその生活に専心した。彼女は、その部屋の空気を外気よりも軽いものに感じたのだ。それはちょうど、細菌のある種のものが、高いところでは持ちこたえられないという事実以上に、この部屋の純粋な空気の中では悪徳を持ちこたえられなかったのだ。マリエットは人々が、天才を認め、その仕事を擁護するように、子供たちの中にも天才を認め、そしてそれを擁護した。彼女の単純さが、この部屋の天才的創造者を尊敬し理解する才能を彼女自身にもたらしたからである。たしかにそれはこの子供たちの手によって創造された一つの傑作であった。いささかの知性も混えず、何の誇りも何の目的も持っていないところにそのすばらしさを感じさせる彼ら自身、また傑作そのものであったからである。

病人がその疲労につけこんで、空想にふけったり、熱をうまく操縦したりしていたのはいうまでもないことだ。もう悪口を言われても、ただ黙りこんで少しも抵抗しなかった。

エリザベートはふくれ面をして、人を食ったような無言の中にうずくまっていた。この無言は彼女を退屈にした。彼女は毒婦の役から看護婦の役に変わった。彼女は一生懸命になって優しい声をつかい、爪《つま》さきで歩いて、扉《とびら》のあけたてにも細心の注意を払った。そしてポールをまるで廃人のように、名札のように、みじめな乞食《こじき》のように取り扱ったのであった。

この調子で行ったなら、エリザベートはきっと病院の看護婦にもなれることであろう。マリエットが彼女に教えてくれることであろう。彼女は幾時間でも、隅の部屋で、髭《ひげ》の描いてある半身像や、破れたシャツや、脱脂綿や、ガーゼや、イギリスピンなどといっしょにとじこもっていた。人々は、あらゆる家具の上に、この頭を包帯で巻いて凶暴な眼つきをしている石膏《せっこう》の半身像を見たのである。マリエットは、灯の消えたこの部屋にはいって来るたびに、ふいに闇《やみ》の中にその像を見かけては、ぞっとするような恐怖を感じたのであった。

医者はこのような変化から、よりの戻らないエリザベートを祝福した。それはずっと続いた。そしてこの根強い変化が、ついには彼女の後天性をつくったのであった。なぜなら、われわれのこの若い主人公たちは、どんな場合にも自分たちの外部に向かって示す光景を決して意識しはしなかったからである。というよりも彼らは、まるでそれを外へ示さなかったし、また決して示そうともしなかったからである。

彼らはこの人の心に食いいるような深刻な部屋を嫌悪《けんお》しながらも、空想によってさまざまな装飾を施すのであった。子供たちはいつも、自分たちだけの部屋を一つずつ持ちたいと計画していながら、それでもこの家の中のあのあいた部屋を使おうとは考えもしなかった。ほんとうのことをいえば、エリザベートはそれをまじめに考えたことがあった。けれども二人でいっしょにいる今のこの部屋の中からかもし出される死者の思い出が、まだこの死者の部屋をひどくこわがらせていたのである。エリザベートは病人の看護を口実にして、その部屋を離れようともしなかった。

ポールの病気は、その青春期と錯綜《さくそう》してますますその成長を複雑にした。彼は枕《まくら》を積んでつくり上げた精巧な避難所のなかで痙攣《けいれん》を訴えた。エリザベートはそれには耳もかさないで、人さし指を唇にあてたまま、ちょうど若者が夜遅く帰って来て、靴下のまま廊下を通りぬけてゆくときのような歩きぶりをしながら、手に靴を持って遠ざかって行った。ポールは肩をゆすって、再び放心状態に戻るのであった。

四月になって、ポールは起き上がった。けれども一人では立つことができなかった。まだ慣れないポールの足は、うまく彼の体を支えることができない。そのポールが自分よりも頭半分ぐらい丈《たけ》が高いと言うので、すっかりむしゃくしゃしていたエリザベートは、聖者のような行為でポールに復讐《ふくしゅう》した。彼女は彼を支えてやったり、すわらせたり、ショールをかけてやったり、まるで中風病みのお爺《じい》さんのような取り扱いをするのであった。

ポールは本能的に足蹴《あしげ》の構えをした。姉のこの新しい態度は、最初のあいだ彼をひどくまごつかせた。ポールは、彼女を打ちのめしてやりたいとさえ思った。けれども彼が生まれたときから実行してきた決闘の法則は、彼にとって都合の好い態度を教えてくれたのである。それに、こんな受け身な態度は無精な彼にとっては全く好都合なのだ。エリザベートの心の中は煮え返るようであった、彼らは喧嘩《けんか》を改良した。それは荘厳な喧嘩であった。そして再び均衡が回復されて行ったのである。

ジェラールはエリザベートなしにはいられないようになっていた。いつとはなしに彼女はジェラールの心中でポールの位置を占め始めた。彼がポールを熱愛していたと言うことは、厳密に言ったならばモンマルトルの家を熱愛していたことであり、ポールとエリザベートとを熱愛していたことであった。すでに少女ではなくなったエリザベートを、男の子たちにからかわれる年ごろを通り越して、男の子たちの心を動かす年ごろの若い娘になったエリザベートを、ジェラールはひとりでに感じ始めていたのである。

病人は医者から面会を禁じられていた。ジェラールは、なんとかしてまたもとのように往き来のできる状態になりたいと思った。そこで、リーズと病人とを海岸へ連れて行ってくれるように伯父《おじ》を説き伏せた。伯父は独身で、金持ちで、会社の仕事に追われていた。寡婦《かふ》であったその妹が出産のために死んだので、その時生まれたジェラールを引き取って育てていたのである。好人物のこの伯父はジェラールを育ててその財産を譲るのだ。伯父は旅行を承諾した。彼もまた少しの間休息するであろう。

ジェラールはひそかに侮辱《ぶじょく》を予期していた。だが意外にも、あの聖女と若いやくざ者とは彼の好意に対して謝意を表したのだ。ジェラールの思いがけない喜びはたとえようもなかった。聖女の睫毛《まつげ》の間をすばやくかすめた火花と若いやくざ者の鼻孔の痙攣《けいれん》とを見たときに、ジェラールは冗談かと思ったのだ。二人はそれとなく芝居を仕組んで、その次の攻撃の用意をしているのではあるまいかと自問してみたのだ。けれども、この考察ははずれていた。彼は新しい章のまん中にぶつかったのである。新しい時期が展開していたのである。ジェラールにとってはその新しい調子をつかむことが問題であった。とにかくジェラールは、彼らが旅行の滞在中伯父があんまり愚痴《ぐち》をこぼさないですむような、ていねいな態度を持していてくれるように望んでいたのであった。

実際、とんでもないことになりはしまいかとジェラールのおそれていたのに反して、伯父は彼らのお行儀の好い性質にびっくりしていた。エリザベートは、あでやかなところを見せた。

——御存じのように、

と、彼女は愛嬌《あいきょう》たっぷりに言った。――弟はちょっと内気なものですから……

――このあまのじゃく！

ポールは口の中でつぶやいた。けれども注意深く聞き耳を立てていたジェラールの耳にはいったこの、「あまのじゃく」という言葉以外には、弟は口をつぐんでいた。

汽車の中では興奮をおさえるためにひとかたならぬ努力が必要であった。彼らの身振りや、その精神やの生まれながらの優美さによって、この世間知らずな子供たちは、善美を尽くした客車のもの珍しさについてまで、慣れきっているのだというふうに見せかけることに成功した。汽車の寝台はいやおうなしに部屋のことを考えさせた。と、彼らはすぐ、二人とも同じことを考えているのに気がついた。――

「ホテルに着いたら自分たちは二つの部屋と二つの寝台とを持つことができるだろう……」

ポールは身動き一つしなかった。エリザベートはその睫毛《まつげ》の間から、ランプの下にあるポールの蒼《あお》ざめた横顔をつくづくと見ていた。見れば見るほど、ポールは変わっている。この鋭い観察をする女性は、ひとりぼっちにしておいた孤独の保養以来というものはなんだかポールが無気力になり、その自分の無気力さにさえも少しも抵抗しなくなったのを認めたのだ。ポールの顎《あご》は柔らかい線をもっているのに反して、彼女の顎は角ばっているということが彼女をいらだたせる。彼女は、よく、彼に、「ポール、おまえの顎！」とくり返した。それはちょうど、母親たちが「ちゃんと立って！」とか、「机の上に手を置いて！」とか言うようなものであった。そういうとき、ポールは何か減らず口をたたきながら返事をするのであったが、それでも鏡の前に立って、横顔をいろいろなふうにして映してみないわけにはいかなかった。

去年のことだ。エリザベートはギリシャ風の横顔になるために、干し物挟みで鼻を挟んで寝ることを考案した。あわれなポールの頸《くび》にはゴム紐《ひも》が食い込んで赤い筋をつけた。そのためにポールは、真正面か四分の三ぐらいのところを向くことに決めてしまったのであった。

だが二人ともそれで、誰かの気に入ろうなどと思っていたのではなかった。このようなひそかな試みは、誰を目当てにしているわけでもなかった。

ダルジュロの勢力範囲から免れ出たポールは、エリザベートの沈黙以来、自分自身のうちに閉じこもってしまった。エリザベートとの大げさな反目や激しい喧嘩《けんか》から逃れて、自分自身の性行のままに従って行ったのだ。彼の虚弱な性質はひとりでに衰えてしまった。エリザベートの予想は正しかった。彼女の疑ぐり深く、注意深いまなざしは、ほんの小さな徴候をも見のがそうとはしなかった。彼女はちっぽけな幸福のためにごろごろと咽《のど》を鳴らしたり、舌なめずりをしたりする、あの食いしんぼうの人間が大嫌いなのであった。何から何まで、火と水との激しい性質である彼女は、生ぬるいことを許すことができなかった。使徒ラオディイセェの書にある「彼女はこれを口より吐きいだせり」である。彼女はこの彼女の生まれながらの性質をポールにもまた要求した。そして、生まれてはじめて急行列車というものに乗ったこの小娘は、機関車の響などには耳も傾けず、狂的な神経の末端から精神病患者のような乱れ髪の、旅客の眠りの上をときどき掠《かす》めるいらだたしい髪の毛の下から、じっと穴のあくほど弟の顔を見つめていたのである。

到着してみると、何もかも子供たちの空想を裏切った。恐ろしい数の人々があらゆるホテルを侵略していた。伯父《おじ》の部屋以外には、廊下のもう一つ反対のはずれにあるたった一つの部屋しか残ってはいなかった。この部屋にポールとジェラールを寝かせて、それに続いている浴室にエリザベートの寝台を設けたら、というのであったが、結局、エリザベートとポールがその部屋に寝て、ジェラールは浴室に寝ることに決まった。

もう最初の晩から、形勢は不穏になった。エリザベートは風呂にはいりたかった。ポールもまたそうであった。彼らの冷酷な怒りや、反目や、いきなり乱暴な音を立てて力任せにドアをあけたてすることなども、要するに、入浴に直接原因していたのだ。ポールは海藻のように水面に浮かびながら、湯気の中の天使のように有頂天になっている。この沸騰した入浴はエリザベートを激昂《げっこう》させる。そして、足蹴《あしげ》制度の端緒となった。

足蹴はそのあくる日も続いて食卓で行なわれた。食卓の上では伯父《おじ》はただ微笑に接するばかりであった。けれども同じ食卓の下では陰険な戦争が開始されていた。

この足と肱《ひじ》との戦争は、そんな理由だけから来る漸進的な変化ではなかった。そこには子供たちの好奇心が多分に働いていたのである。伯父の食卓は微笑によって包囲された。そしてその好奇心の中心になったのだ。

エリザベートは交際嫌いで、「他人」を軽蔑《けいべつ》していた。そうでなければ、一人の人間を遠くの方から夢中になって熱愛するのであった。彼女のそんな偏愛は、これまではホーリーウッドの若い二枚目や、悲劇女優たちに向けられていた。それらの大きな顔の肖像画が部屋の壁にはりつけてあった。ところが、このホテルときてはそんなことには、何の資料も提供しない。家族たちはまっ黒で、醜くて、がつがつしていた。小さな病身の娘たちは、手をたたいて呼ばれているのに、まだ頸《くび》をひねってすばらしい食卓をぬすみ見た。離れているのでその娘たちは、構成された舞台をでも見るように、足の戦争と何気なく微笑している顔とを観察することができたのだ。

エリザベートにとって美しいということは、しかめ面や、鼻挟みや、ポマードや、ひとりぼっちの時に襤褸《ぼろ》で即興的に作るこっけいな衣裳《いしょう》やなどに対する口実にすぎなかった。そのできばえのいかんは、彼女を夢中にさせるどころでなく、都会生活の労働における魚釣の遊びのように、単なる遊びとしての戯れになろうとしていたのであった。

彼らは「徒刑場」と呼んでいたホテルの部屋をいつでもからっぽにした。この部屋は彼らの優しい心を忘れ、また彼らの詩も認めなかった。彼らもまたマリエットがしたようには部屋を尊重しなかったので、同じ鎖に鋲締《びょうじ》めされて暮らさなければならないこの監房を、せめて「遊戯」によって逃《のが》れようと考えたからである。

このホテル生活の遊戯は、まず食堂から始まった。エリザベートとポールとは、ジェラールのびくびくするのにおかまいなく、伯父《おじ》の眼の前でこの「遊戯」に没頭した。伯父はいつでも、彼らの猫をかぶった顔つきにしか出くわさなかった。突然しかめ面をして病弱な少女たちをこわがらせてやろうということが、この「遊戯」の一つの題目になった。それには特別な機会の到来を待たなければならない。長い間待ち構えていて、人の見ていない隙《すき》をうかがっているときに、いまにもはずれそうな腰つきをして椅子《いす》に腰かけている少女の一人が、彼らの食卓の方に視線を向けているのに出くわした。エリザベートとポールは初めのあいだ微笑していた。そしてだんだん、恐ろしいしかめ面をして行った。少女はびっくりして、顔をそむけた。幾度もそんなことをしたので、少女はしょげて涙ぐんだ。そして母親に訴えた。母親は食卓の方を見た。すると、たちまちエリザベートは微笑をしてみせた。母親もまた彼女に笑いかけた。そこで、かわいそうな少女はこっぴどく叱《しか》られて、身動きもしなくなった。彼らは肱《ひじ》で突きあってこっそり凱歌《がいか》をあげた。しかし、この肱つきも互いに諜《しめ》し合わしたものであって、すぐまたあとでばか笑いになった。部屋に帰ってからも、ジェラールは彼らといっしょにころげ回って笑った。

　ある晩のこと、いくらしかめ面をしてみせても平気で皿の中に鼻を突っ込んでいた一人の小さな小娘が、彼らが食卓を離れようとするとき、誰にも見られないように彼らに向かって舌を出した。この返報はかえって彼らをおもしろがらせた。そして、その場の雰囲気を徹底的に解きほどいた。彼らは別の空気を作ることができた。猟人やゴルフ競技者のように、彼らは手柄をくり返したくてならないのだ。彼らはこの小娘を称讃した。彼らは「遊戯」を論議して、その法則を複雑にした。攻撃はますます巧妙にくり返された。

ジェラールはエリザベートとポールとに、もう少し静かにしてくれるように、いつも水を出しっ放しになっている栓《せん》をとめてくれるように、水の中に頭を突っ込んだりしないように、それからまた、椅子《いす》を振り回したり、救いを呼んだりしながら喧嘩《けんか》をしたり、追っかけ回したりなどしないように嘆願した。憎悪とばか笑いとがいっしょになって広がった。

どんなにジェラールが彼らの方向転換に慣れてきたとしても、この痙攣《けいれん》する二つの断片が一体になる瞬間を予想することはできないからである。ジェラールはこういう現象を希望もし、怖れもした。隣人や伯父などのために彼はそれを希望しながら、また一方にはエリザベートとポールとを同盟させ、自分に当たらせるためにそれを恐れた。

そのうちに、だんだんと「遊戯」の舞台が広がった。広間、街路、海岸、花壇などへ、その領域を広げて行った。エリザベートはジェラールに自分たちの手助けをするように強制した。この始末におえない一団は、別々になったり駆け回ったり、はったり、しゃがんだり、笑い顔をしたりしかめ面をしたりして、恐慌《きょうこう》をまき散らした。家族連れは、頸《くび》の螺旋《らせん》をはずした子供だの、口のぶらさがった子供だの、眼が顔の外にとび出した子供だのを引っぱって歩いていた。人々は子供をたたいたり、尻《しり》を打ったりして散歩を禁じ、家の中に閉じこめてしまった。このような禍《わざわい》は、始末におえないこの子供たちに何か他の新しい快楽が発見されない限り、どこまで広がるか果てしのないことだった。

その新しい快楽というのは盗みである。ジェラールは自分の恐怖を言い表わすことができないでそれに従っていた。盗みはただ、盗み以外のなにものでもなかった。利益だとか禁断の実の味わいだとかは交じっていなかった。恐ろしくてたまらなければそれでよかったのだ。子供たちは伯父《おじ》といっしょにはいって行った店から、出るときには、値うちのない何の役にも立たないようなものでポケットをいっぱいにしていた。規則では、有用な品物を盗むことが禁じられていたのだ。ある日のことエリザベートとポールとは、むりやりに、ジェラールの盗んで来た本を返しに行かせようとした。その本がフランス語で書いてあったからだ。ジェラールは「非常にむずかしい物」――エリザベートの命令では――「たとえば如露《じょろ》」のようなものを盗むという条件でそれを返しにゆくことを勘弁してもらったのであった。

不運なジェラールは大きな外套《がいとう》を着せられて、生きたそらもなくそれを実行した。そのジェラールの態度は実に不器用だった。その上に、如露でできた瘤《こぶ》の形がひどくへんだった。

金物屋は半信半疑の眼を向けて彼らのあとを見送った。

——お歩きったら、お歩きよ。とんま！

エリザベートは小声で言った。——あたしたちを見てるわよ。

危かった街の角まで来ると、彼らはほっとして、一目散に駆け出した。

その夜、ジェラールは蟹《かに》に肩を挟まれた夢を見た。それは金物屋だった、金物屋は巡査を呼んだ。ジェラールは拘引された。伯父は彼の相続権を廃除した。等々……。

贓品《ぞうひん》というのは、窓掛の環、ねじ回し、電気の転流器、荷札、四十号の大きさのズックの靴といったようなもので、これらはホテルにうずたかく積んであった。それは一種の旅行用の宝石、——旅行する婦人が、本物の真珠は金庫の中にしまい込んでおいて贋物《にせもの》を身につけて歩く、その贋物の真珠のようなものだった。

こんな犯罪に及ぶまでの、未開なそして新鮮な、善悪を識別することのできない子供たちの行為の本体は、エリザベートの場合を言えばこの泥棒遊びによって、彼女がポールのために心配している凡俗な傾向を、もう一度たてなおしたいという本能であった。ポールは追いつめられ、おどかされ、しかめ面をして、走ったり、ののしったりして、もはや有頂天に笑うようなことはなかった。どの辺まで、彼女がその再教化の直観的方法を押し進めて行ったか、それは見ものにちがいない。

子供たちは家に帰った。彼らがぼんやりと暮らしてきた海の塩気のおかげで、彼らはその挙動を倍加するほどの力をとり返していた。マリエットは、彼らの見分けがつかなかった。彼らは盗んだのではない飾りピンをマリエットに贈った。

部屋が外海へと乗り出したのは、ようやくこのころからであった。その包容力はいよいよ広くなり、積み荷の整理はいよいよ危険となり、波はいよいよ高くなった。子供たちの不思議な世界では、浮き身をすることもできれば、すばやく進むこともできる。それはちょうど阿片《あへん》の場合に似たもので、緩慢な速度は、最高の速力と同じように危険なものであった。

伯父《おじ》が旅行をしたり、工場視察に行ったりすると、いつもジェラールはモンマルトルの家に泊っていた。彼はクッションを積み重ねた上に寝かされて、古いマントをかぶせられた。正面には、寝台が劇場のように彼を見下ろしていた。この劇場の照明は、間もなく劇の始まることを知らせる序幕のきっかけだ。灯はポールの寝台の上にあった。彼はそれを赤い安木綿《やすもめん》の布で暗く包んでいた。この赤い安木綿の布は、部屋を赤暗くして、エリザベートの視力を奪ったのだ。彼女は怒って、はね起きて、その布をとりのけた。ポールはまたそれをつけた。この布の引っぱり合いの喧嘩《けんか》のあとで、序幕はポールの勝利に帰した。彼は姉をひどい目にあわせて、またランプの覆いをしたのである。海に行って以来ポールは姉をすっかり抑《おさ》えていたのであった。ポールがもう起きられるようになってから、眼に見えてずんずんと成長するのを発見したときにリーズの感じたあの懸念《けねん》は、いよいよ根拠のあるものとなった。ポールはもう、病人の役割を引きうけようとはしないであろう。ホテルのあの精神療法は、あきらかに薬がきき過ぎてしまったのだ。彼女が「このおかたは、何から何まで、とても気持ちがいいんですって。とても気持ちのいいフィルム、とても気持ちのいい本、とても気持ちのいい音楽、とても気持ちのいい肱掛椅子《ひじかけいす》、とても気持ちのいい柘榴水《グルナディーヌ》や巴杏水《オルズャ》なんですって。ねえ、ジラフ、まあいやだ、ごらんなさいよ！　舌なめずりなんかしてるわ。あのばかみたいな顔ったらないわ！」などと言ってからかっても、それはむだだった。けれどもやはり彼女は、大人は赤ん坊から変わったものだということを感じないわけにはいかなかった。かけっくらをするときのように、たけ比べをするときもポールはほとんど頭一つくらい、彼女を抜いているのであった。部屋がそれを示している。上の方がポールの部屋なのだから、その手や眼を、夢の道具になっている赤いランプに届かせるには、何の造作《ぞうさ》もいらなかった。が下の方はエリザベートの部屋だから、彼女がもしそんな道具のほしい場合には、まるで溲瓶《しびん》をでも捜すような格好で、そこらじゅうをかき回したりもぐり込んだりしなければならないのであった。

けれども彼女も間もなく、せめ道具を見つけ出して奪いとられた優越権をとり戻した。いままで、子供の武器で活動していた彼女は、もうすっかり使用するばかりになっている、まるで新しい、あの子としての手管《てくだ》へと方向を転じたのである。それには見物人が一人必要であった。誰か見ている者があればポールの苦痛はいっそう激しくなるに違いないと彼女はひそかに考えた。いつも彼女がジェラールを優しく迎えるのはそのためであった。

この部屋の劇場は晩の十一時に開場した。日曜以外にはマチネエはなかった。十七のエリザベートは、やはり十七にしか見えなかった。しかし、十五のポールは、ほとんど十九に見えた。彼は出かけた。ぶらぶら歩いた。彼は、とても気持ちのいいフィルムを見に、とても気持ちのいい音楽を聞きに、とても気持ちのいい娘たちの後をつけに出かけた。これらの娘たちが、淫売婦《いんばいふ》であればあるほど、彼女らが引っぱれば引っぱるほど、彼は娘たちを気持ちがいいと思った。家へ帰ると、彼は道で出会ったいろいろなことを物語った。その話にはいつも原始的な、奇妙な率直さがあった。そして、この率直さが表わしている悪意のない感じは、彼の口ぶりによって、ちょうど破廉恥《はれんち》の反対であるひどく無邪気なものとなった。姉は尋ねたり、からかったり、気を悪くしたりした。そしてふいに、誰も怒れないような些細《ささい》なことで激しく機嫌を損じたりするのであった。彼女は急にまじめくさって新聞をとり上げるなり、その大きく広げた陰に顔を隠して、黙って読みはじめるのであった。

ポールとジェラールとは、いつも夜の十一時と十二時の間にモンマルトルのビヤホールのテラスで落ち合った。そして、いっしょに帰って来た。エリザベートは大門のきしるようなほんのかすかな物音にも聞き耳を立てた。廊下を縦横に歩き回って、待ちきれないでいらいらしていた。

大門のあく音が聞こえた。彼女は部屋の中に駆け込んで、腰を掛け、爪磨《つめみが》きを手にする。

そしてヘヤ・ネットを頭に被《かぶ》って、ちょっと舌を出して、平然と爪を磨きながら腰掛けているエリザベートを少年たちは見いだすのであった。

ポールは着物を脱いだ。ジェラールは彼に部屋着を見つけてやった。そして、道具だてをし、つっかい棒をする。すると「部屋の精霊」が開幕を知らすのであった。

くり返して言うが、この劇場の主役たちは誰一人として見物人の役目をするものに至るまで、少しも役を演ずるというような意識は持っていない。芝居が永遠の新しさを持っているのは、この原始的な無意識のためなのだ。しかし彼らが夢にもそれを意識しないままに、芝居は（もし、部屋と言いたければ言ってもよい）不思議な世界をさまよっていたのである。

赤い安木綿《やすもめん》は舞台装置をうす赤くひたしていた。ポールはまっ裸で歩きまわり、寝台をなおした。敷布の皺《しわ》をのばし、枕《まくら》でとりでを造り、いろいろなものを椅子《いす》の上に置いた。エリザベートは左の肱《ひじ》を突き薄い唇をして、テオドーラのような深刻な顔つきでじっと弟を見つめていた。彼女は右手で頭を擦《す》りむくほどひっかいた。それからその擦り傷に、長枕の上にあるポマードの瓶から、クリームを出して擦り込んだ。

——ばか！

ポールはどなった。そして言った。——このばかとクリームを見るくらい胸くその悪いものはありゃしない。彼女《あいつ》はアメリカの女優が、擦りむいたらポマードを塗るってことを新聞で読んだんだ。頭の皮にいいとでも思っているのかい……？　おい、ジェラール！

——なんだい？

——聞いてるのかい？　おれの言うことを。

——うん。

——ジェラール、あんたはいいひとですわね。おやすみなさいな。あんな奴《やつ》の言いぐさなんか聞くもんじゃあないわ。

ポールは唇をかんだ。彼の眼はもえ上がった。沈黙があった。とうとうポールはエリザベートがその潤《うる》んだ切れの長い眼で見ている前で、夜具の縁《へり》を折って、頸《くび》の位置を決めようとしていたが、いきなりまたとび起きて、敷布をはねのけた。寝台の具合が彼の思いどおりにしっくりと寝心地《ねごこち》よくなかったからだ。

けれども、一度うまい具合に設備ができあがると、その場所から梃子《てこ》でも彼の体を動かすことはできなかったに違いない。なま優しい眠り方ではなかった。ポールは細《ほそ》紐《ひも》や、食物や、神聖な装飾品で囲まれたまま、木乃伊《ミイラ》になってあの世に旅だってしまうのだ。

エリザベートは彼女自身、登場を決するような装置のできるのを待っていた。そして、彼らが別段まえもってその筋を組んでおきもしないのに、四年もの長い間、芝居を続けてきたということは信じられないことである。いくらかの修正を除けば、芝居はいつも同じものがくり返されていたのだ。おそらく、これらの未開な魂は、眼に見えないある秩序に従いながら、夜になると、花がその花弁を閉ざす作用と同じように微妙な作用を行なっていたのであろう。

修正はエリザベートが行なった。彼女は思いがけないものを用意していた。あるときのこと、エリザベートはポマードを手から離して床にしゃがんだと思うと、寝台の下からガラスのサラダ皿を引き出した。この皿には、蝦《エクルヴィス》がはいっていた。彼女はそれを胸に押しつけてきれいな露《あらわ》な腕で囲むようにしながら、蝦《エクルヴィス》と弟との間にむさぼるようなまなざしを配ったのであった。

——ジェラール、蝦《エクルヴィス》はどう？　ほんとよ、ほんとよ、早くいらっしゃいよ。まるでほっぺたがおっこちそうよ。

彼女はポールが胡椒《こしょう》や砂糖や芥子《からし》などの好きなことを知っていた。ポールはそれをパンのかけらにまでつけて食べていたのである。

ジェラールは起き上がった。彼はこの若い娘を怒らせるのが心配だった。

——くそでも食らえだ！

と、ポールはつぶやいた。——彼女《あいつ》、蝦《エクルヴィス》なんか大嫌いなくせに、胡椒なんか大嫌いなくせに、わざとあんなことを言ってやがる。わざと甘味《うま》そうにしてやがる。

この蝦《エクルヴィス》の場面は、ポールがもう我慢しきれなくなって、どうぞ一つくれるように彼女に嘆願するところまで行かなければ嘘《うそ》だった。そうなればポールはもうエリザベートのお手のもので、彼女もまた、彼女の大嫌いなこの御馳走《ごちそう》について身振りを早速《さっそく》訂正するはずであった。

——ねえジェラール、十六にもなった男のくせに、蝦《エクルヴィス》がほしくってぺこぺこするくらいみっともないことがあって？　あのひとったら、ほら絨毯《じゅうたん》を舐《な》めたり、四つんばいになったりしてるわよ。だめよ！　持っていってやったりしちゃ。起きて自分で取りに来ればいいじゃないの！　大きな図体《なり》をしてながら、動くのがいやだなんて、咽喉《のど》から手が出そうなくせに、ぼやぼやしてるったらありゃしない。あんまり虫がよすぎるわよ。わたしが、暇《エクルヴィス》をやらないのはね、あのひとのために恥じるからよ……。

御神託は続いた。この御神託をエリザベートがしゃべりだすのは、彼女が霊感によって神様にとり憑《つ》かれ、三脚椅子《トリビエ》に腰かけているような気のする晩だけであった。

ポールは耳をふさいだ。さもなければ本をつかんで高らかに読みあげた。サン・シモンやシャルル・ボードレールが列席の光栄を得た。御神託のすんだあとでポールは言った。

——ねえ、ジェラール。

そして大きな声で読書を続けるのであった。

われは好む、彼女の悪趣味を
そのけばけばしきスカートを
大きな、ちぐはぐなショールを
迷える言葉を
かくて、その狭き額を。

ポールは、その詩句がこの部屋とエリザベートの美しさを飾るものであることを知らないで、このすばらしい詩の一節を朗読した。

エリザベートは新聞を手にした。そして、ポールの声色《こわいろ》をつかって雑報を読み始めた。ポールは叫んだ。

――よせったら、よせ！

姉は依然として大きな声を出していた。

夢中になっているエリザベートは、新聞の陰になって見えなかった。ジェラールのとめる間もないほどのすばやさで、ポールは腕をのばして力いっぱい、彼女に牛乳を投げつけた。

――何をするの！　この気違い！

エリザベートは怒りのあまり、呼吸をすることもできなかった。新聞は濡《ぬ》れた布巾《ふきん》のようになって彼女の肌《はだ》にくっついた。牛乳はそこらじゅうにとび散った。けれども彼女は、彼女が泣きだせばいいと思っているポールを感じたので、じっとこらえていた。

――さあ、ジェラール、

と彼女は言った。――手伝ってちょうだいね。ナフキンをとって、よく拭《ふ》いてね。新聞は台所に持って行くのよ。あたしね、

と彼女はつぶやいた。――せっかくあのひとに蝦《エクルヴィス》をやろうと思ってたのに……。

一つどう？　用心しなくちゃだめよ。牛乳がこぼれるから、ああナフキン、どうもありがとう。

襲って来る眠りを通して、この蝦《エクルヴィス》の問題はもう一度ポールのところへ返って来た。けれどももうポールは蝦《エクルヴィス》なんかほしくはなかった。彼は寝床のしたくをした。むさぼるような食欲がなくなると、彼の体は重荷を下ろしたように軽くなって、手足を金しばりにして死のような眠りの流れに投じてしまうのであった。

こんなときエリザベートは、ポールのこの無関心を打ち破るために一生懸命知恵を絞らなければならなかった。彼女は拒絶したまま彼をいったん眠らせるのであったが、それからずっと経《た》ってから、はね起きて彼の寝台のそばへ行って、サラダの皿を彼の膝《ひざ》の上に置いた。

——さあ、おばかさん、あたし意地悪じゃないのよ。蝦《エクルヴィス》あげましょうね。

不幸者は眠りの中から重い頭をもちあげた。眼はくっついて腫《は》れあがって、口はもう人間の空気を吸ってはいなかった。

——さあ、おあがり！　ほしがってたくせに、もうほしくないの。おあがり！　でなきゃ、あたし行っちまうわよ。

すると、首を斬《き》られる人間がせめてこの世の食いおさめをするといった格好で、ポールは唇を半分あけた。

——ちゃんと眼をあけて見なくちゃ、わからなくってよ。ほら！　ポール！　ほら、蝦《エクルヴィス》なのよ！

彼女は甲殻《から》を割って、中身を彼の歯の間に押し込んでやった。

——このひとったら、寝ぼけながらかんでるのよ！　ごらん、ジェラール、ごらん。とてもこっけいよ、なんて食いしん坊なんでしょう！　こうまでがつがつしなくってもよさそうなもんじゃあないの！

専門家のような興味をもって、エリザベートはこの仕事を続けた。彼女は小鼻をふくらませながら、舌をちょっと出していた。まじめくさって根気よく背中をまるめている彼女の格好は、ちょうど死んだ子供の口にむりやりに何か食べさせている気違い女のようであった。

何事かを教えられるこんな場面の中にいながら、ジェラールはエリザベートが自分に対して親密な言葉をもって話しかけたという、ただ一つのことで心がいっぱいになっていた。

そのあくる日、ジェラールは横っつらを張られはしないかと思いながら、親密な言葉でエリザベートに話しかけてみた。彼女は互いにそんななれなれしい言葉で話し合うのを許した。そのことからジェラールは深い愛情を感じたのであった。

部屋の夜は朝の四時まで続いた。そのために朝、眼の覚めるのが遅れた。十一時ごろマリエットは牛乳入りのコーヒーを持ってやって来た。彼らはそれが冷たくなるまで放っておいた。そしてまた眠ってしまうのだ。二度目に眼が覚めたとき、冷《さ》めきった牛乳入りのコーヒーはもうすっかり魅力を失っていた。三度目に眼が覚めたとき彼らはもう起き上がろうともしなかった。牛乳入りのコーヒーは茶碗の中で皺《しわ》が寄っていた。いちばん好いことは、少し前ころから店をあけていた階下のカフェ・シャルルへマリエットをやることだった。彼女はそこからサンドウィッチとアッペリティフを持って帰って来た。

ブルターニュ生まれのこのお婳《ばあ》さんは、もちろん、家庭料理をこしらえさせてくれるのを望んでいたことであろう。けれども彼女は、自分の流儀を抑《おさ》えて喜んで子供たちのそのでたらめに応じていた。

ときどきマリエットは彼らをたたき起こして、食卓のところに押しやりながら、無理やりに食事をとらせた。

エリザベートは寝間着の上に外套《がいとう》をひっかけて片手で頬杖《ほおづえ》を突きながら、まだ夢を見ているような様子で腰かけた。彼女のとるこのようなポーズは、どれも科学雑誌や、農業雑誌や、月刊雑誌やに載っている、あの直喩《ちょくゆ》的な女たちのポーズだった。ポールといえばまた、ほとんど着物を着ないで椅子《いす》の上で身体をぶらぶらさせていた。彼らは互いにちょうどあの幕合いの、箱車《ルーロット》の中の旅芸人のように黙って食べていた。彼らにとって昼は重苦しいものだった。気の抜けたようなものだった。一つの流れが夜の方へ、彼らが再び生気づく部屋の方へ、彼らを導いていたのである。

マリエットは部屋の乱雑をそのままにして掃除することを心得ていた。四時から五時まで、麻布屋のようになった角の部屋で縫い物をした。そして、彼らのためには真夜中の食事を用意しておいてから自分の家に帰って行く。ポールがボードレールのソンネにある女のような女たちを捜しながら、人通りのない町をほつき歩いている時刻だった。

家ではエリザベートがただひとり家具の隅っこで高慢な様子をしてすわっていた。彼女が外出するとすれば、人をびっくりさせるような思いがけないものを買うためである。そして、それを隠すために急いで帰って来るのであった。彼女は部屋から部屋へとさまよい歩く。彼女の心のなかに生きているあの母とは何の関係もなく、ある一人の女が死んだというあの部屋が、彼女に嘔吐《おうと》を催させるような不快な気持ちを与えるからであった。
この不快な気持ちは日没とともにますます酷《ひど》くなった。すると彼女は、もう闇《やみ》が侵入しているその部屋の中へはいって行った。そして部屋のまん中につっ立った。部屋は暗く暗く、沈んで行く。孤児はじっと眼をこらして手を垂《た》れながら、ちょうど舷《ふなばた》に立った船長のように立ち尽くしたまま、闇の中に呑《の》み込まれてゆくのであった。

このような家、このような生活は、理性的な人々を茫然《ぼうぜん》とさせるものであった。半月でさえ続けられそうに思えないこんな無秩序を、数年間も持続されるものだということを彼らは理解できないであろう。にもかかわらずこのような家、このような生活は、すべての期待を裏切って、無数に、そして不法にも、調子よく存続しているのである。しかし、このような事象の力が、一つの力であるとしても、その力はまたそれ自身、事象を崩壊に急がせるものであるということを、間違いなくこれらの人々の理性は言い当てることであろう。

風変わりな人たちと、その人たちの社会的な行為とは、彼らを指弾する多くの人々にとっては一つの魅力である。人々はこれらの悲劇的な、落ちつきのない魂の呼吸しているこの旋風によってかもし出される速力のために悩まされるのだ。それは、ほんの子供らしいことから出発する。そして人々は、はじめはただ遊戯をしかそこに見かけないのである。

ゆるむことのない、激しさをもった単調なリズムとともに、三年の月日がモンマルトル街を過ぎて行った。いつまでも子供のようなエリザベートとポールは、まるで二つの揺籃《ようらん》に入れられた双生児のように彼らの生活を続けて行った。ジェラールはエリザベートを愛していた。エリザベートとポールとは、互いにいつくしみ合っていながら、また互いにいがみ合っていた。そして半月ごとに夜の芝居のあとで、エリザベートはトランクを用意しながら、ホテル住まいを始めるのだと言いだすのであった。いつも同じような狂暴な夜、いつも同じような不愉快な朝、そしてまた、水面に漂う漂流物になり、白昼の土竜《もぐら》になってしまう、いつも同じような長い午後がくり返される。エリザベートとジェラールはよく連れだって出かけた。ポールもまた彼の快楽を求めに出て行った。けれど、彼らは決して彼らの見たり聞いたりしたことを自分たちだけのものにしておこうとはしなかった。犯すことのできない法則の忠実な履行者として、それを部屋に持ち帰る。そして団欒《だんらん》をつくるのであった。

人生が一つの闘争であるということも、彼らの存在が禁制品としての存在であるということも、運命が彼らを大目に見て、眼をつぶっていてくれるのであるということも、この哀れな孤児たちの考えには浮かんでこなかった。彼らは医者とジェラールの伯父《おじ》とが養ってくれることを、あたりまえのことのように思っていたのである。

富は一つの才能であり、貧もまた同じく才能である。金持ちになった貧乏人はぜいたくに飾りたてた貧乏を作りあげることであろう。彼らはどんな富によっても、その生活を変更できないほど富んでいたのだ。けれども彼らの富は眠っている間に彼らを訪れた。だから眼覚めている間じゅう、彼らはそれに少しも気がつかなかったのだ。

彼らは安易な生活、安易な道徳に対しては、偏見をもって対抗した。彼らはわけもわからないくせに、「仕事のために浪費される、軽捷《けいしょう》で、身軽な生命の嘆称すべき力」などという哲人の言葉を使用していた。

未来の計画だとか、勉強だとか、地位だとか、就職だとかについてはぜいたくに飼われている犬が羊《ひつじ》などに心をひかれないのと同じように、彼らの念頭には浮かんでこなかった。新聞では、犯罪記事を読む。彼らはニューヨークにある大建築物をパリに再築して、そこで生活がしたいというような調子はずれな種類の人間だった。

だから、ジェラールとポールとが突然エリザベートの中に認めた一つの新しい態度にしても、もちろん実際的な秩序だった考えがあって示されたものではなかった。

彼女は仕事を見つけたいと思ったのだ。もう、女中のような生活はたくさんだ。ポールは好きなようにするが好い。彼女はもう十九歳だった。彼女はすっかり衰弱して、もうこんな生活は一日だって続けられそうにもない。

――あんたはわかるでしょう、ジェラール。ポールはぶらぶらしているだけなの、なんの取り柄もなくて、やくざで、ばかで、ぽかんとしてるだけなのよ。あたし、ひとりで出て行くわ。あたしでも働かなかったら、ポールはいったいどうなるでしょう。あたし働くわ。職を捜してみるわ。そうでもしなくちゃ、いけないでしょう。

エリザベートはくり返して言った。

ジェラールにもそれはわかる。彼はたったいまわかったばかりだ。目新しい主題が部屋を飾っている。ポールは木乃伊《ミイラ》のようになったまま、あの放心の世界に「出かけ」ようとしながら、このまじめくさった口調で語られる新しい侮辱《ぶじょく》の言葉を聞いていた。

彼女は続けて言った。

——かわいそうな子供だわ。助けてやらなくっちゃならないのよ。まだとても身体が悪いのよ。お医者がね……、（いいえ、いいえ、ジラフ、寝てるわよ）お医者はとても心配なことをあたしに言うの。雪の球が一つ当たったくらいで倒れちまって、勉強まであきらめなけりゃならないなんて、このひとが悪いってわけじゃないけど。あたし責めてなんかいるんじゃないのよ。だけどあたし、病人を腕にかかえてるってわけなんですもの。

——なんていやな奴《やつ》だ。ああ、なんていやな奴だ、

と、ポールは眠った振りをしながら考えた。すると彼の興奮はすぐ顔面の痙攣《けいれん》となって現われたのであった。

彼を見つめていたエリザベートはふと口をつぐんだ。そして、老練な獄吏のように再び意見を求めたり、ポールの愚痴《ぐち》をこぼしたりしはじめた。

ジェラールはポールの血色のいいことや、背たけの高くなったことや、力の強くなったことなどを言って彼女に反対した。彼女はこれに対して、ポールのひ弱いことや、意地のきたないことや、無気力な点などを枚挙した。

とても我慢ができなくなって、いま眼が覚めたというような振りをしながらポールが身体を動かしたとき、彼女は優しい声で何かほしいものはないかどうかを尋ねてから、急に話題をほかへ転じてしまった。

ポールは十七だった。十六のころから彼はもうはたちに見えた。蝦《エクルヴィス》やお砂糖ではもうだめだ。姉はだから調子を高めた。

眠った振りをしていることは、ポールを不利な立場に置く。彼はむしろ喧嘩《けんか》がしたくなった。彼はどなった。エリザベートの愚痴は、間もなく罵詈《ばり》に変わった。彼女に言わせると、彼の怠惰は罪悪であり汚行である。彼はいつでも姉を死ぬ目にあわせた。そして相変わらず姉の手にすがって養われて行くのだろうというのだ。

これに引き替えてエリザベートは、虚勢ばかり張っている、へんてこな、役に立つことと言っては何一つできないばかな女だということになった。

そう言い返されてみると、エリザベートは是が非でも彼女自身の言葉を実現しなければならなかった。彼女はジェラールに、ジェラールの懇意にしているある大きな婦人洋服店の女主人を紹介してくれるように頼み込んだ。彼女は売り子になるのだ。働くのだ。

ジェラールは彼女をその女主人のもとへ連れて行った。女主人はエリザベートの美しさに驚いた。残念なことに売り子の資格はいろいろの外国語を知っていなければならない。彼女はマネキンの職しか得られなかった。すでにこの店には、アガートという孤児の娘が働いていた。女主人はアガートにこの若い娘を任すことだろう。そうすればこの娘は周囲の人たちになんの気がねもいらなくなるだろう。

売り子？　マネキン？　エリザベートにとってはどっちでも同じだ。むしろ彼女にマネキンを勧めることは、晴れの初舞台を彼女に提供するようなものだった。契約はとり交された。

この成功は、相変わらず奇妙な結果をもたらした。

——ポールはきっと参るにちがいない。

と彼女は予想したのである。

ところが、どういう解毒剤に作用されたのであろう、この話を聞いたときのポールの様子に喜劇味などは微塵《みじん》もなかった。淫売婦《いんばいふ》の弟になるのはいやだ。それくらいならいっそ、ストリート・ガールになった方がまだましだと言いながら、身振り手振りで凶暴な怒りの中に自分を突き落とした。

エリザベートは言い返した。

——街ん中であんたに会うんだわね。まっぴらよ、そんなこと。

ポールは冷笑した。

——それに、自分のご面相を見たことがあるのかい？　気の毒なお嬢さん。笑いもんだよ。一時間もしたらお尻《しり》をけ飛ばされて放り出されることだろうさ。マネキンだって？　戸惑いしたんじゃないかい？　案山子《かかし》にでも雇われりゃよかったんだ。

マネキンの部屋はつらい試練そのものであった。そこではじめて学校に上がった日の悩ましさや、生徒たちの悪ふざけなどが思い出された。エリザベートははてしない不安の中から脱《ぬ》け出してライトを浴びながら拷問台に上るのだ。彼女は自分のことを醜い娘だと思い込んでいた。そして最悪なことだけしか予想しなかった。彼女の若い動物のようなすばらしさは、顔を塗りたてた疲れきった女たちを傷つけた。けれどもエリザベートは彼女たちの嘲笑《ちようしよう》を凍らせてしまう。彼女たちは彼女をうらやみ、顔をそむけた。そしてこの顔見せは非常に苦しくなってきたのである。エリザベートは仲間たちのまねをしようとする。また一般の人たちから説明を求めるかのように、顧客の歩き振りをひそかに観察する。けれどもひとたび面と向かうと、つんとそっぽを向いてしまうのだ。いったいどんなふうにして彼女を仕立てたら好いのか、誰も見当がつかなかった。人々は彼女の美しさを押し殺してしまうような、地味な着物を着せてみたりしたのである。だがたちまち彼女はアガートの代役もできるようになったのだ。

何か宿命的な、やさしい、エリザベートにとってはまだ味わったことのない友情が、この二人の孤児を結びつけるようになった。彼女らの苦しさは同じだった。衣裳《いしよう》を着るあい間あい間には、白い仕事着を着て毛皮の外套《がいとう》の間で寄りそいながら、本などをとり替えたり打ち明け話をし合ったりしてお互いに慰め合った。そしてアガートはわけもなく、それはまるで、工場の地下室で製作した部分品と、最上階でまたほかの労働者の製作した部分品とがうまい具合にぴったりと合うように、彼らの部屋にはいって来たのである。

エリザベートは弟にもう少し手ごたえがあってほしいと思った。「その女《ひと》ってのはね、ビー玉のような、名前よ」と彼女は前ぶれした。ポールはその名前を、今までにあったいちばん美しい詩の一つの中の、帆走戦艦《フレガアド》という言葉の韻を持ったすばらしい名前だと言った。

ジェラールをポールからエリザベートに導いた機械作用は、アガートをエリザベートからポールに導いて行った。これは前者に比べると、ずっと理解しやすい一例だ。ポールはアガートがいると胸の動揺を感じた。何事をも分析するに適さないポールは、この孤児を気持ちのいいものの中に類別した。

そして、知らず識らずのうちに、彼がダルジュロの上に築いた夢の混沌《こんとん》とした塊を、アガートの上にいま移したのだ。

ある晩、若い娘たちが部屋に来ているという知らせに、ポールはすっかりのぼせ上がってしまった。

エリザベートは「宝物」を説明していた。と、ふいにアガートは、アタリの写真を奪いとるようにしてこう叫んだ。

——まあ、あんたは、あたしの写真もってるの？

それはあんまり突拍子《とっぴょうし》もない声だった。ポールは墓場から頭をもち上げたアンチノエのキリスト教徒のように、肱《ひじ》をつきながら体をゆすぶった。

——これ、あんたの写真じゃないわよ。

とエリザベートは言った。

——そうだわね、衣裳が違ってたわ。でもほんとにおかしいのよ。こんど持って来て見せるわ。ほんとにどこからどこまでおんなじよ。どうしたってあたしだわ。いったいだァれ？

——男の子よ。ポールに雪の球をぶっつけたコンドルセの、……確かにあんたに似てるわ。ポール！　アガート、あのひとに似てるわね？

眼に見えないような類似が顕《あらわ》れてくるためには、ほんのちょっとしたきっかけがあればよかった。そのきっかけが見いだされると、たちまち、その類似は顕れる。ジェラールはあの不吉なダルジュロの横顔を思い出した。アガートはポールの方を向いて、白い台紙を振り上げた。その瞬間、ポールは真紅な陰の中で、雪の球を振り上げたあのダルジュロの姿を見た。と、彼はあのときと同じ打撃を胸いっぱいに受けたのである。ポールはぐったりと頭を垂《た》れた。

——そんなこと、ありやしないよ。写真が似てるだけさ、君が似てるわけじゃないよ。

と、力のない声で言った。

この嘘《うそ》はジェラールを不安にした。似ていることはあまりに明白な事実であった。ほんとうのことを言うと、ポールは、彼の心の奥深い地層のあるものを、かつて動かしたことはなかった。この奥深い心の地層は、あまりに貴重なものであった。それに、ポールは彼自身のぶざまな所を恐れていた。彼のいわゆる、気持ちのいい女は、つまり噴火口の縁に立ち止まっていたのだ。そしてただ恍惚《こうこつ》とした水蒸気が、彼女へ媚《こ》びていたのである。

この晩以来、ポールとアガートの間には、微妙な感情の糸が交錯しはじめた。時の復讐《ふくしゅう》が特質を逆にした。溶解すべくもない愛情を傷つけたあの暴慢なダルジュロは、やがてポールが支配するようになるであろう一人の内気な若い娘に姿を変えたのだ。

エリザベートは写真を引出しの中に投げ込んだ。するとそのあくる日、それが暖炉の上に置いてあるのを発見した。彼女は眉《まゆ》をしかめた。彼女は一言も言わなかった。ただ、頭だけが働いた。彼女は微妙な霊感によってそれを見た。ポールがピンで壁にとめていた悪漢や、探偵や、アメリカのスターなどは、すべてあの孤児のアガートとダルジュロの扮《ふん》したアタリとに似ていたことに気がついた。

この発見はえたいの知れない息詰まるような煩悶《はんもん》の中にエリザベートを投げ込んだ。ひとをばかにしてるわ、隠し立てをしてるんだわ。いんちきをやってるんだわ。向こうがごまかしをする気なら、こっちだっていっしょになってごまかしをしてやろう。アガートに親しくして、そしてポールを黙殺して、知りたがることなんかなんだって打ち明けちゃあやるもんか。彼女はそうひとり言をつぶやいた。

この部屋の風貌《ふうぼう》が作り出す家庭の空気は一つの事実であった。もしそれをポールに注意をしてやったなら彼はほんとうに驚いたにちがいない。彼は求めている型を漠然と求めていたのだ。彼はそんなものは持っていないような気がしていた。ところで、この型が知らぬ間に彼に及ぼした影響と、ポール自身が姉に与えた影響とは、たとえてみればギリシャ式破風《はふ》に見られる、下の方から上の方へゆくにつれて交わって行く相対する二線のように向かい合って進む和しがたい直線によって、彼らの無秩序を対立させていたのだ。

アガートとジェラールは乱雑な部屋を共有していた。そして、それはますますボヘミヤンの野営のような外観を呈してくるのだった。馬はいなかったけれど、襤褸《ぼろ》を着た子供たちには事を欠かなかった。エリザベートはアガートに同居をすすめた。アガートならば決して悲しい思い出を喚《よ》び起こすようなことはない。あのあいた部屋をマリエットは、彼女にあてることとであろう。見たり、思い出したり、立ったまま夜になるのを待ったりすると、そこはずいぶんつらい「母さんの部屋」であったが、灯をつけて掃除をすれば、夜もそこに泊まれなくはなかったのだ。

アガートはジェラールの手を借りて、幾つかの鞄《かばん》を運んで来た。彼女はもう、ここの習慣《ならわし》である夜ふかしや、睡眠や、喧嘩《けんか》や、颶風《ぐふう》や、静穏や、カフェ・シャルルとそのサンドウィッチのことなどを、ちゃんと知っていたのである。

ジェラールはマネキンの出口で、若い娘たちを待っていた。それからいっしょに散歩したり、まっすぐにモンマルトル街に帰ったりした。マリエットは冷たい夕食を残して行った。彼らは食卓の上でないところなら、ところかまわず食べ散らした。翌日になると、ブルターニュ生まれのお媼《ばあ》さんが卵の殻を採集しにやって来る。

運命がポールに働きかけて来たように思われるその復讐《ふくしゅう》を、ポールは早く利用したかった。ダルジュロのように振舞ったり、傲慢《ごうまん》な態度をまねたりすることのできない彼は、部屋にころがっている使い古された武器を使用した。それは、無遠慮にアガートをいじめることだ。エリザベートは彼女の味方になって抵抗した。するとポールは、いっしょになって姉をいじめるために、おとなしいアガートをだしに使う。四人の孤児は、それぞれ利益を見いだした。エリザベートは彼らの会話を錯雑させる手段を発見する。ジェラールは、それで息がつける。アガートはポールの傲慢さと、ポール自身に眩惑《げんわく》された。彼の傲慢さが彼女を恍惚《こうこつ》とさせるからだ。しかし、ポールはダルジュロその者ではないのだ。だからもしアガートが、姉を罵倒《ばとう》するきっかけにならなかったなら、おそらくポールはアガートの恍惚とした憧憬《どうけい》をかち得なかったことであろう。

アガートは犠牲者になることに甘んじていた。なぜなら、この部屋の中のどんな激しい騒乱も彼女を傷つけはしなかった。アガートにとってこの部屋は、それによって生き生きとさせられるオゾンの香気のような、熱情にみちあふれているように感じられるからなのだ。

　アガートはあるコカイン中毒の女の娘であった。その女は彼女をさんざん虐待して、しまいにガスで自殺してしまったのだ。ある大きな婦人洋服店の支配人が、同じ建物の中に住んでいた。彼はアガートを引き取って、彼の女主人の所に連れて行った。しばらく下働きをしたのちに、彼女は衣裳が着られるようになったのだ。ここに来てアガートは、なぐり合いや、侮辱や、陰険な悪戯などを知るようになった。この店の中での習慣は、彼女をすっかり変わらせた。それは、打ち合う波、頬《ほお》を打つ風、そして、あの羊飼いの着物を脱がせるいたずらものの雷を思い出させた。

　このような相違があったにもかかわらず、この阿片窟《あへんくつ》は彼女に人間心理の明暗や、激しい強迫観念や、家具類を壊す追っ駆けくらや、冷肉の夜食などを教え込んだ。だからモンマルトルの部屋の中の、若い娘を堕落させるようなさまざまな習慣でさえ、彼女を驚かせはしなかった。つまり彼女はこの流儀での厳格な学校を卒業していたのである。そしてこの学校の制度が、彼女の眼のまわりや小鼻のあたりに、最初、ダルジュロの尊大な態度に似通っているように思わせた、あの親しみ難い何ものかを刻み込んでいたのである。

　アガートはこの部屋では、なんとなく地獄から天国へ上るような心地《ここち》だった。彼女はひたすら生き、そして、呼吸した。そこには彼女を不安にさせる何ものもなかった。

彼女の友だちたちが、あのコカイン中毒の母親のように薬品を使うようになりはしないかなどと心配する必要はなかった。彼らはあの嫉妬《しっと》深い、生まれながらに持っている麻薬に影響されながら、いつも行動しているのだ。だからその上にも麻薬を使うということは、白の上に白を置き、黒の上に黒を重ねるようなものでしかなかったのだ。しかし彼らはよく、一種の精神錯乱に陥るようなことがあった。その熱は部屋に凸面鏡を張りまわした。そんなときアガートはひどく憂鬱《ゆううつ》になってしまう。もっと自然であるためには、やはりあの不可思議な麻薬が必要なのだろうか。そして、どんな麻薬でも、しまいにはガスで窒息死しなければならないような結果に至るのではないだろうかなどと自問してみるのであった。しかし、バラストをひと投げしてとり戻された平衡が、彼女のこの危惧《きぐ》の念を追い払う。そして彼女を安堵《あんど》させた。

だが麻薬は存在していた。エリザベートとポールとは生まれながらにしてその血のなかに、この信じられぬような物質を持っていたのである。

この麻薬は、時期によってその作用を変えて行った。その作用の外面的変化とか、現象の周期的なさまざまの段階は、いちどきに現われるものではない。その推移は眼に見えないような変化を続けながら、混乱した中間的地域を構成しているのである。

新しい構図を作るために、事象は反対の方向へ動いてゆくものだ。

あの放心は、ポールの場合と同じようにしだいにエリザベートの生活の小部分をしか占めなくなった。エリザベートにすっかり心を奪われているジェラールも、もうそれにふけることはなかった。姉と弟とは、それでも相変わらず試みながら、どうしてもその中にひき込まれることができなくていらいらした。彼らは放心の世界へもう「出かけ」られなくなった。夢の糸でかき乱されて、気持ちが一点に集注されないのを感じた。事実、彼らは、別のところに「出かけ」ていたのだ。自己から抜け出るという練習に慣れた彼らは、自己の中に深く入り込むことを「転心」と名づけた。ラシーヌの悲劇の綾《あや》は、この詩人が、ヴェルサイユの饗宴《きょうえん》の神々が運んで来たり運んで行ったりするために使ったあの道具だてに替えられてしまったのだ。彼らの饗宴はあらゆる混乱に陥っていた。自己の中に深く入り込んで行くには、彼らにとって不可能な秩序が必要だったのだ。彼らは、暗黒や、感情の幻にしか出合わなかった。「ちぇっ！　ちぇっ！」と、ポールは怒りっぽい声で叫んだ。みんな頭をもたげて見た。ポールは影の世界に「出かけ」ることができないのを怒っているのだった。「ちぇっ！」という言葉は、放心の境に入りかけたところを、アガートのある身振りを思い出したために、妨げられてしまった不機嫌を表わしているのであった。彼はそれを彼女のせいにして、この不機嫌を彼女の方に向けた。こんなだしぬけな不機嫌の原因はあまりに単純だった。ポールは内的に、エリザベートは外的に、容易にこれを知ることができた。エリザベートはエリザベートで「放心」の沖に乗り出そうとしていながら、混沌《こんとん》とした瞑想《めいそう》の中に沈み込んで脱線してしまうので、われを忘れる「放心」へのきっかけを早く捉《とら》えようとあせっていた。弟の恋の恨《うら》みが彼女自身を嘆いていたのである。「アガートがあいつに似てるんで、この子をいらだたせるのだ」と、彼女は独語した。以前はどんな難解なことでも、二人は巧みに理解した。だがいまは、互いにその心を理解することがへたになって、アガートを通してののしり合うのであった。

あんまり大きな声を出したので、彼らは声を嗄《か》らしてしまった。話は緩慢になって、ついにやむ。戦士たちは、夢を蚕食《さんしょく》したり、あの子供時代のひたすら罪のないもののみを繁殖させていた、植物的生活を覆《くつがえ》してしまったりする現実の生活に悩まされていることを感じたのだ。

エリザベートが、ダルジュロの写真を宝物の中に入れたとき、どのような生存本能の躊躇《ちゅうちょ》によって、またどのような魂の反映によって、彼女の手をためらわし得たのであろうか？　いうまでもなく、病人には不似合いなすばやい声で「入れてくれるのかい？」と叫ばした、あの、もう一つの本能と反省とがその原因であったのだ。この写真はいつでも彼の心を悩ましていたのである。ポールはある現行犯を発見された人が、から元気を出しながら何かでたらめなことを考え出してやってでもいるように、その場をつくろうことがあった。エリザベートは気のないそぶりで、それをうけ取った。彼女は何から何まで百も承知しているのだ。もし、ポールとジェラールとが結びあって、自分に対抗して来るようなことがあったら、これで彼らを閉口させてやろうと見せかけることが目的の冷嘲的な黙劇を演じながら部屋を出て行った。

人々は、あの引出しの中の静寂が、徐々に、意地悪く、この写真をこね返してしまったのを発見した。そして、アガートの腕によって振り上げられたこの写真を、神秘な雪の球か何かのようにポールが思い違いしたのも、べつに不思議なことではなかったのだ。

二

数日前から、部屋は上下に動揺していた。エリザベートはポールのいっこうにあずかり知らない、ある気持ちのいいこと（力をこめて彼女は言った）について、わけのわからない秘密な方法や隠語などをつかってポールを悩ました。彼女はアガートを相談相手のように、またジェラールを共犯者のように取り扱った。そして隠語があらわれかかると眼で合図をした。この方法は彼女が予期していた以上の成功をもたらした。ポールは燃えるような好奇心で身をこがした。だがジェラールやアガートにさぐりを入れることは彼の自尊心が許さなかった。それに、エリザベートが口を開くことを彼らに禁じていたから、この禁制を犯したらそれこそ一悶着《ひともんちゃく》が起こるのにちがいなかった。好奇心がとうとう勝ちを占めた。彼は、エリザベートが「俳優出入口」と称していたところで、三人組を待ち伏せた。そして、スポーツマン風な青年がジェラールといっしょに、婦人洋服店の前で待ち合わせていて、一隊を自動車に乗せて連れ去ったのを発見した。

夜の場面はまるで病的発作のようだった。ポールは、姉とアガートを鼻持ちのならない淫売婦《いんばいふ》扱いにした。こんな部屋なんか、出て行ってやる。そうすれば、彼女らは男を連れ込むことができるのだ。そんなことは見え透いている。マネキンなんて淫売婦だ。しかも下等な淫売婦だ。姉さんはアガートを引っぱってゆく猟犬だ。そして、ジェラール、そうだ、すべての責任はジェラールにあるのだ。

アガートは泣いていた。

――放っておきよ。ジェラール。このひとは気がへんなんだから……

エリザベートは落ちついた声でさえぎった。しかし、ジェラールはすっかり憤慨した。その青年は彼の伯父《おじ》の知己で、ミカエルというユダヤ系のアメリカ人で、莫大《ばくだい》な財産を持っているということや、もう陰謀めいたことはやめて、その男をポールに紹介するつもりだということを説明した。

ポールはそんな「汚らわしいユダヤ人」なんかと誰が知り合いなんかになるものか、明日、あいびきの時間にその男の横っ面を張りとばしてやるんだ、などとどなり散らした。

——たいしたもんだ。

彼は憎悪の眼を光らせながら言いつづけた。——ジェラールとあんたは、この娘を引っぱってユダヤ人の腕の中に押し込んだんだ。この娘を売り飛ばしたいとでも思ってるんだ！

——勘ちがいよ。

とエリザベートは答えた。——あんたが考えちがいをしてるんだってこと、親切に教えといてあげるわ。ミカエルはあたしんとこへ来るのよ。あのひとは、あたしと結婚したがってるのよ、それに、あたし、あのひと大すきよ。

——結婚するんだって？　結婚するんだって？　姉さんが！　気でもちがったんだろう。鏡と相談したかい？　そんなみっともない顔をして結婚なんて柄かい。ばか！　あんたはばかの女王様だよ。そいつは姉さんをだましてるんだよ。からかってるんだよ！

　と言って、彼はひきつった笑い方をした。ユダヤ人であるとかないとか言うことなどは、ポールにとっても彼女自身にとっても、なんら問題ではないということをエリザベートは知っていた。彼女は生き生きとして爽快《そうかい》な気分になった。彼女の心は部屋の隅々にまで広がって行った。彼女はどんなに、このようなポールの笑いが好きだったことだろう。どんなにこのポールの残忍性をおびた頤《おとがい》の線が好きだったことだろう。だから彼女には、弟がこんなふうになるまでからかうということがどんなに気持ちのいいことだったかわからない。

　翌日、ポールはなんだかきまりが悪かった。侮辱の度があんまり過ぎたことを感じた。アメリカ人がアガートを狙《ねら》っているのだと思い込んだことなどは忘れてしまった。

「エリザベートは勝手にするがいい。誰とでも結婚したきゃするがいい。そんなこと、おれの知ったことじゃない」とひとり言を言った。彼はなぜあんなに腹を立てたのかその理由を反省してみた。

　彼はふくれっ面をしていた。けれどもだんだんミカエルに会うことを説得されてしまったのだ。

　ミカエルの生活と、彼らの部屋とは、完全な対照をなしていた。その対照はあまりに鮮明で著しかった。だからそののち子供たちは、誰もミカエルに対して部屋を開放しようなどとは思わなかった。ミカエルはいつでも、彼らに戸外を思い出させるのだった。

最初ちょっと見ただけでも、ミカエルは地上の人間だった。地上にすべての幸福を持っていて、ときどき彼に眩暈《めまい》をもたらし得るものと言っては彼の競走用自動車だけであるということを子供たちは知った。

この、フィルムの中に出て来る主人公のような男は、たちまちポールの偏見を克服してしまった。ポールは譲歩し心酔した。この小さな一隊は、四人の共犯者を部屋に呼び戻す時間と、ミカエルがすなおに睡眠にあてる時間のほかは、街々をのし歩いた。ミカエルは彼らの夜の共謀にさえ列していたのだ。なぜなら子供たちはそこで、ミカエルを夢み、ミカエルを激賞し、ミカエルに関するあらゆる場面をつくりあげていた。

けれどもその次に子供たちに会うミカエルは、ティタニアが「真夏の夜の夢」の中で、眠っている人々に与えたような妖術《ようじゅつ》を、彼が彼らに与えているとは夢にも気づかないのであった。

——なぜ、あたしはミカエルと結婚しないのだろう？

——エリザベートは、なぜミカエルと結婚しないのだろう？

彼らが常に夢想した二つの部屋は実現されるであろう。一枚の膜で隣合っている双生児が会見して、野心満々と、未来の計画を打ち明け合うとでもいったように、部屋に関する計画は彼らをひどく興奮させた、そして恐るべき速度をもって荒唐無稽《こうとうむけい》な夢想の方へ彼らを押しやったのであった。

ただジェラールだけはおとなしくしていた。彼は顔をそむけていた。彼は巫女《みこ》と、聖女と、結婚しようなどという大それた考えは決して抱いていなかった。フィルムの中に出て来るように、彼女を奪い去る、そんなことをあえてし得るのは、聖地の禁制を知らない若い自動車乗りでなければならないのだ。

部屋は依然としていた。結婚は準備された。部屋はそっとそのままに均勢を保っていた。それはまるで道化《どうけ》役者が、椅子《いす》を山のように積んで舞台と部屋の間でむかむかするようなバランスをとっているような、そんな均勢を保っていた。

眩暈《めまい》のするような胸の悪さは、麦飴菓子《シュウタルドルジュ》の味のない胸の悪さに変わった。始末におえない子供たちは、乱雑や、ねちねちした不潔なごった煮で腹が裂けそうになっていた。

ミカエルは、いっさいを別な眼で見ていた。もし誰かに、彼は巫女《みこ》と婚約しているのだと教えられたなら、彼は非常に驚いたにちがいない。彼はただ一人の美しい少女を愛し、それと結婚しただけなのだ。彼は笑いながらエトアールの自宅と自動車と財産とを、その美しい少女に提供した。

エリザベートは部屋をルイXVI世式に飾りつけた。彼女は客間や、音楽室や、運動室や、遊泳室や、一種の仕事部屋であり、食堂であり、球戯室であり、同時に、エスクリーム室である、樹木の見晴らせる高いガラス張りの、ひどく風変わりな広いギャレリーをミカエルに任してしまうだろう。アガートは彼女について来るだろう。エリザベートは自分の室の上にある小さな居室《アパルトマン》をアガートにとっておくだろう。

アガートは部屋と離別する不幸に直面した。彼女はその部屋の持つ魔力と、ポールとの親密な関係から離れるのをひそかに悲しんだ。いったい夜はどうなるだろう？姉弟の間には接触がなくなって、奇跡がそとへほとばしり出た。この離別、この終局、この難破は、しかしポールとエリザベートとの心を動かしはしなかった。彼らは自分たちの行為の直接な影響も考えようとはしなかった。傑《すぐ》れた劇が、筋の進行や大団円の近づいてくることなどについていっこうに不安を感じさせないのと同じように、彼らは彼ら自身を疑ってはみなかった。ジェラールは自分を犠牲にした。アガートはポールの言うままになった。

ポールは言った。

──そいつはとても便利だ。伯父《おじ》さんの留守《るす》中は、アガートの部屋（彼らはもう「母さんの部屋」とは言わなかった）にジェラールが来ればいいわけだ。もし、ミカエルが旅行でもしたら、娘たちは、僕らのところへまたやって来ればいいし。

娘たちというこの言葉は、ポールが結婚を認めていないということを、さきのことはわけのわからないものに思っていることを、ちゃんと意味していたのである。

ミカエルはどうにかしてポールをエトアールの邸に住まわせようとした。けれどもポールはあくまで孤独でいる計画を押し通して、それを拒んだ。ミカエルは、マリエットもいっしょに、モンマルトルの家のどんな些細《ささい》な費用をもひき受けるように手はずを決めていた。


花婿《はなむこ》の数えられぬほどの財産を管理する人々の列席のうちに、儀式が手早く挙行された。ミカエルは、エリザベートとアガートとがちゃんと落ちつくように準備をする間、ニースに一週間ほど行って来ようと決心した。彼は、そこに家を建てさせていて、建築技師が彼の指図を待っていたのである。彼は競走用の自動車で行くことにした。共同生活は帰ってから始められるはずだった。

けれども「部屋の霊」は見張りをしていた。

こんなことをことさら書く必要があるだろうか？

ミカエルはキャンヌからニースに行く途上で死んでしまったのである。

彼の自動車は低かった。彼の頸《くび》のまわりに巻かれて風に翻っていたショールが、車轂《こく》に巻き込まれたのだ。車は横倒しになったまま粉砕して、木に乗り上げながら片方の車だけが富籤《ロットリー》の輪のように空回りをしていた。そしてしだいにゆるやかになりながら、ついに沈黙の残骸《ざんしゅ》になる間じゅう、ショールが彼の首を絞めた。そして無惨にもミカエルを斬首してしまったのである。

相続、署名、管理人たちとの打合せ、喪、そしてそれにつぐ疲労は、結婚したといってもただ法律上の手続きをすませただけのこの若い寡婦を悩ました。伯父《おじ》と医者とはもう金銭で援助する必要はなかった。その代わりに労力を提供した。けれどもエリザベートには、別にそれをありがたがっているようなところは見られなかった。彼女はみんなめんどうなことは彼らに押しつけてしまった。

管理人たちと合議の上で整理し、計算し、数字のみが表わし得るような、想像するさえもむずかしいほどの金額が、相続された。

彼らの富に対する態度についてはすでに記述したとおりである。ポールやエリザベートは、どんなに金持ちになったからといってもその生来の富を増加させるには至らなかった。こんどの遺産相続が何よりの証拠だった。劇そのものの打撃の方がいっそう彼らを変化させた。彼らはミカエルを愛していた。結婚と死との驚くべき突発事件は、ほとんど秘密というものを持たないミカエルを秘密な世界に投げ込んだのであった。生きたショールが彼を絞め殺して、彼にあの「部屋」の扉《とびら》をあけたのだ。こんなことがなかったら、彼は「部屋」へはいれなかったことであろう。

姉と髪のつかみ合いっこをしていたころに、ポールが好んで孤独の計画のために使っていたモンマルトルの家は、アガートのいなくなったために堪えられないものとなった。あの計画は、彼に利己的な食欲のあった時代には意味がある。けれども、年齢が彼の欲望を激しくした。いまはすべての意味が失われてしまったのだ。

彼のこの欲望はまだ不完全なものであった。しかしポールは、彼の渇望している孤独も彼になんの利益すらもたらさないばかりか、かえって恐ろしい虚無によって彼をむしばむものであることを発見した。ポールは自分の体の衰弱していることを好い口実にして、姉の家に住むことを承諾した。

エリザベートはポールに、広い浴室によって自分の室としきられているミカエルの部屋を与えた。三人の混血児と、黒人の下男頭などの召使いたちは、アメリカに帰りたいと言いだした。マリエットは同郷の者を一人雇い込んだ。運転手は残っていた。

ポールがこの部屋に落ちつくと、寝室はすぐにつくりなおされた。

アガートはたった一人、階上《うえ》でこわがっていた。……ポールは飾柱のある寝台の上で、なかなか熟睡できなかった。……ジェラールの伯父はドイツへ工場視察に出かけた。……結局、だから、アガートはエリザベートの寝台にはいって寝た。ポールは夜具をひきずって来て、長椅子《ながいす》の上に隠れ家をつくり、ジェラールは彼のショールを積み重ねた。

惨死したミカエルがあの凶変ののちもなお留《とどま》っていたのは、こんな、どこでもかまわず再建のできる、抽象的な部屋の中であった。

聖女！　ジェラールの言ったことはほんとうであった。彼にしろ、ミカエルにしろ、世の中のいかなる者も、エリザベートを所有してはならないのだ。愛は、彼女を愛から孤立させ、強《し》いてそれを犯すものは命をも懸けなければならないというような不思議な世界を啓示した。そして、ミカエルがこの処女を所有した事実を認めるとしても、彼が死なずして住めなかったところの殿堂は決して所有しはしなかったことであろう。

邸宅には半球戯室、半仕事部屋、半食堂であるギャレリーのあることを、私たちは記憶している。この風変わりなギャレリーは、それらのどの一つでもないこと、それが何の役にも立たないことですでに風変わりだ。帯のような階段の絨毯《モケット》はリノリウムの上を右に通っていて壁のところで止まっている。はいるとすぐ左側の、一種の吊《つ》り燭台《しょくだい》の下に、食堂のテーブルと椅子《いす》と、どんな形にもできる折りたたみ式の木製屏風《びょうぶ》とが見られる。この屏風が、食堂らしく見えるものを、仕事部屋らしく見えるもの（長椅子、革張りの肱掛椅子《ひじかけいす》、回転式書棚《しょだな》、地球平面図）から区分していて、も一つ別のテーブルの周囲、すなわち、この広間のただ一つの光源である反射鏡のスタンドののせてある建築製図台の周囲に、雑然と寄り集まっていた。

跳《は》ね椅子が数脚あるにもかかわらずがらんとしている場所の向こうには、球突き台があった。そしてびっくりするほどひどく人気がなかった。高いガラス張りの窓は、天井のところどころへ細い光茫《こうぼう》を投げている。そして外部の下の方の光はフットライトを形造って、芝居じみた月光がすべてを濡《ぬ》らすように照らしていた。

何か忍びの燈でも照りはしないか、窓でもそっと開きはしないか、強盗でも音もなく飛び込んで来はしないかと息づまる場景である。

この静寂とこのフットライトとは雪を想《おも》い起こさせた。かつて雪のために空間へ吊《つ》り上げられているように思われたモンマルトルの家の客間を、それから雪のためにギャレリーぐらいの大きさに縮められた、雪合戦前のあのシテェ・モンティエの全景を想い起こさせた。これらは同じように寂寥《せきりょう》たるものであり、あの期待であり、ガラス窓のために白く見せられたあの外観であった。

この部屋は、もう取り返しがつかなくなってから、台所か、さもなければ、階段を忘れていたのを発見したとでもいうふうな、建築家のとんでもない設計上の誤算の一つであるように思われた。

ミカエルは家を改築した。どこから行ってもそこに出る、この行き止まりの部屋の意味が彼にはどうしてもわからなかった。けれどもミカエルのような人間にとって、設計の誤算はすなわち人生の発現だ。機械が人間化し、譲歩する瞬間だ。死んだような家のこの死んだような場所は、すべてを冒しても生命ののがれ込んで来る場所である。調和し難い様式と、コンクリートや鉄の群れに駆り立てられて、まるで、落ちぶれた王女がなんでもかまわずひっかかえて遁《に》げ込んででも来たように、生命はこの大きな一角の中に身を潜めているのであった。

人々はこの邸宅を賞讃して言った。「これ以上つけ加える余地はない。最大の簡潔だ。百万長者にとっては、とにかく、これもすばらしいことなのだ」けれどもこの部屋を嘲笑《ちょうしょう》するニューヨークかぶれの人々は（ミカエルと同じように）これらの部屋がどんなにアメリカ式であるかということを考えてみようとはしないのだ。

鉄や大理石よりはるかによく、秘密な宗教と接神論者と基督教科学《クリスチャンサイエンス》とKu-Klux-Klanと、相続女に神秘的な試練を課す教書と、自殺クラブと、テーブル回しと、エドガー・ポオの夢遊病者との町を、この部屋は物語っているのである。

この狂人の家の応接間は、遠くの方まで自分の死を告知するあの唯物化した死者たちの理想的な装飾や、カテドラルや、ネフや、蠟燭《ろうそく》をともしながらオルガンを弾《ひ》く婦人たちの住んでいる第四十階目の階上にあるゴシック式礼拝堂などのユダヤ趣味を思い出させる。なぜなら、ニューヨークはルルドよりもローマよりも、世界じゅうのいかなる聖都よりも蠟燭の消費量が多いからだ。

このギャレリーは、ある廊下が通れなかったり、眼がさめると、家具のきしる音を聞いたり、扉《とびら》の握りが回る音を聞いてこわがったりする子供たちのために作ってあるようなものであった。

そして、この奇怪な物置小屋は、ミカエルの弱点であり、微笑であり、彼の魂の優れた部分でもあった。そこにはミカエルが子供たちにめぐり合う以前の何ものかが、ミカエルを彼らにふさわしいものとした何ものかが存在していることを語っている。

それはミカエルがこの部屋から離れることの不正を、結婚と悲劇との宿命を証明している。そしていま、一つの大きな神秘が明らかになった。エリザベートがミカエルと結婚したのは、彼の財産のためでも、彼の力のためでも、彼の洗練された態度のためでも、また彼の魅力のためでもない。エリザベートはミカエルの死のために彼と結婚したのであった。

このギャレリーを除いた邸《やしき》の中のほかの場所に、当然、子供たちは彼らの部屋を探し回った。彼らは自分たちの二つの部屋の間を、悩める魂のようにさまよい歩いた。眠られない夜は、もはや鶏啼《けいてい》と共に消え失《う》せてしまう、あのほのかなる魔の手ではなくなって、茫然《ぼうぜん》として闇《やみ》の中に漂う不安な魔の手であった。

彼らはついに各自の決定的な部屋を持ったのであったが、一生懸命に部屋の中にとじこもったり、さもなければ唇を引きしめて刃物のような鋭い眼を投げ合ったりしながら、一つの部屋から他の部屋へと敵意のある足をひきずって行くのであった。

このギャレリーは彼らに呪《のろ》いかける。その呼び声は彼らをこわがらせる。閾《しきい》をまたぐことさえできないようにさせるのだ。

彼らはこの部屋の持つ奇妙な、決して微弱ではない一つの力を知っている。このギャレリーはまるで、たった一つの錨《いかり》につながれている船のように、あらゆる方向へ漂っているのである。

彼らは、この部屋以外のところにいたら、どの部屋にいても、ギャレリーの位置を定めることができない。そしてギャレリーの中にはいると、他の部屋とどういう関係にあるのか、さっぱり見当がつかなくなる。ただ炊事場の方から聞こえて来るかすかな皿の音によって、かろうじて方向が決められるような感じがした。

この物音と魔法とは夢現的な子供たちに索条鉄道《ケーブルカー》に次いであのスイッツルのホテルを、窓が人々の上に垂直に開いていて道の真向こうのダイヤモンド作りの建物のような氷塊が、ほんのすぐ間近に見えるあのホテルを思い出させるのだ。

今度こそミカエルが、当然行かなければならないところに彼らを連れてゆき、金の葦《よし》を手に取って境界線を引きながら、彼らに場所を示す番だ。

ある晩のことであった。どうしてもエリザベートが寝かせようとしないので、ポールは、すっかりふくれ面をして荒々しく音を立てて方々の扉《とびら》を締めながら、部屋から逃げてギャレリーの中に隠れた。

ポールはものごとを観察するという柄ではなかった。けれども彼は、発散するなにものかを強烈に感受する。それをはっきりつかんですぐさま彼の習慣に調和させた。

この一連の影と光との交錯した神秘的な壁の中にはいって来ると、この荒涼としたスタディオの装置のなかに身を置くと、ポールはたちまち、どんなものでも見逃さない用心深い猫になった。彼の眼は輝いた。彼は立ち止まったり、ぐるぐる回ったり、臭いを嗅《か》いだりした。彼にはこの部屋を、シテェ・モンティエの部屋と、雪の夜のあの静寂と同じものに見ることができなかった。けれどもそこに、ずっと以前見たことのある何ものかをしみじみと見たのである。

仕事部屋を調べてから、ポールは再び立ち上がった。そして、肱掛椅子《ひじかけいす》を孤立させるように屏風《びょうぶ》をめぐらして、両足を椅子の上に乗せたまま横になった。和やかになった魂は、またあの恍惚《こうこつ》とした放心状態の中に「出かけ」て行こうとした。けれども舞台装置の方で、その登場人物を置き去りにしたまま「出かけ」てしまったのであった。

彼は悩んだ。自尊心のために悩んだ。ダルジュロそっくりの人間に復讐《ふくしゅう》しようとした彼の復讐は惨《みじ》めな失敗であった。アガートは彼を支配していた。そして彼がアガートを愛していることを理解する代わりに、彼女がその優しさで彼の心を支配していて、彼女に打ち負かされなければならないということをも理解する代わりに、彼はいきり立ち、むかっ腹を立てて、彼が悪魔であり悪魔的な宿命であると信じているものに対して闘《たたか》っているのであった。

大桶《おおおけ》の水をゴム管で別の大桶にうつして空にするためには、ほんの少しの呼び水だけで十分だ。

その翌日ポールは、ド・セギュウル夫人の「休暇」という本のなかに出てくるような小屋を作りあげた。屛風《びょうぶ》は一つの扉口《とぐち》を作っていた。この筒抜けの天井をもった神秘的存在の一部を占めている囲いのうちは、しだいに無秩序でみたされてきた。ポールはそこに、石膏《せっこう》の半身像や宝物や書物やあき箱などを持ち込んだ。汚れた下着類が積み重ねられる。大きな鏡には背景が映っている。肱掛椅子の代わりに折りたたみの寝台が置かれる。赤い安木綿《やすもめん》が反射燈にかぶせられる。

最初数回の訪問でそのありさまを見たエリザベートとアガートとジェラールとは、この挑発的な家具の風景をよそにして生活していることができないで、ポールの後を追って移住して来た。

彼らはよみがえった。彼らはキャンプを立てた。月の光と月の影の溜りを利用した。一週間もたつと、魔法瓶《まほうびん》がカフェ・シャルルの代わりをつとめ、そして屛風はもうこのたった一つの部屋、リノリウムで囲まれた人跡まれな島をしか作っていないのだった。

二つの部屋がおもしろくなくなってからは、アガートとジェラールとはなんだか居づらくなってきた。こんなに空気をこわしてしまったのもまたポールとエリザベートの不機嫌(熱のない不機嫌だった)のせいなのだ。二人はよく連れだって出かけた。彼らの深い友情は、いわば同病相憐《あいあわ》れむの情である。ジェラール対エリザベートの関係と同じように、アガートはまたポールを地上のものとは思わなかった。二人とも愛していた。だがそれを訴えたり、その愛情を具体化しようなどということは決してできなかった。彼らは土台石の下から頭を持ち上げて、その偶像を礼讃していた。アガートは雪の青年を、ジェラールは鉄の処女を。

熱情を交えながらも、好意以外のものを得ることができようなどと思う考えは、ジェラールにしても、アガートにしても浮かんでこなかったことであろう。彼らは姉弟が自分たちを許していてくれることに感激して、姉弟の夢を重苦しくすることを恐れて、自分たちが彼らの重荷になっているように思われる場合は、細かい心の動きをもってそこから遠ざかろうとするのであった。

エリザベートは彼女の自動車のことを忘れていた。運転手がそれを彼女に思い出させた。彼女がジェラールとアガートを散歩に連れ出していて、ただひとりポールだけがいつものような挙動の中に閉じこもっていたある晩、ポールははじめて自分が恋をしていることに気がついた。

彼はまがいもののアガートの肖像を眩暈《めまい》がするまで見つめていた。この発見は彼を化石させてしまった。それはあまりにはっきりしたことなのだ。彼は組合せ文字を判読する人のようなものだった。最初のうちその文字の組み合わせられているように思われた意味のない線を、今はもう見ることができなかった。屏風《びょうぶ》には俳優部屋のように、モンマルトルの家の雑誌が引きちぎって貼《は》られてある。それは夜の明けがた、接吻《せっぷん》のような大きな音をたてて蓮《はす》の花が開くあの支那の沼のように、殺人犯人や女優の顔などを一度に咲かせているのだった。ポールの好きなある一つの型《タイプ》は、鏡の御殿のようなものの中に幾つにも幾つにもなって浮かび出た。それはダルジュロから始まって、暗闇《くらやみ》の中で選んだ下等な淫売婦《いんばいふ》を通じて確かめられる。薄い間仕切りの中にいる人々の中に認められる。それからアガートのところに来て純粋なものになった。それらは恋愛になるまでのなんという準備、下書き、修正であろう。若い娘と学生の間に生まれた偶然な符合の犠牲になっているとばかり信じていたポールは、運命が彼の武器を見、彼の心を照準し、ほんとうの心を発見することのどんなに遅いかを知ったのだ。

ポールの秘密な趣味、特殊な型に対する趣味は、ここで何の役割も演じてはいなかった。なぜならば、若い娘たちはいくらでもいる。それだのにある一つの運命が、アガートをエリザベートの友にしたからだ。だから、根本的な起源を捜し求めるためには、あのガス自殺にまでさかのぼらなければならない。ポールはこの邂逅《かいこう》に驚嘆した。もしこの彼の突然な洞察が、彼を恋愛にだけ限定していなかったとしたら、おそらくその驚きは果てしのないものであったろう。そこで彼は、どのように運命が、レースを編む女の使うすき針の役目を静かにまねながら、われわれをその針で突っつきながら、まるで彼女たちの針山《クッサン》のように膝《ひざ》の上に抱きかかえて仕事をするものであるかということに気がついたことであろう。

整頓《せいとん》したり固定させたりすることにはそう巧《うま》くできていないこの部屋の中で、ポールは自分の恋を夢想した。しかし、最初のうち彼は、なんら現世的な形としてアガートを恋に結びつけはしなかった。彼は一人で興奮していた。ふと、彼は鏡の中に映っている自分の間の抜けた顔を発見して、愚にもつかないことで顔をしかめていたことを恥ずかしく感じた。彼は、悪には悪をもって報いよと思っていた。ところが、彼の悪は善となった。彼は一刻も早く善に善をもって報いなければならぬ。そんなことが彼にできるだろうか？　彼は愛していた。だからといって、この愛が相互的なものであるとか相互的なものになり得るとかいうことを意味してはいないのだ。

彼はアガートに尊敬の念を起こさせていると思い込むどころでなく、その尊敬は彼にとって反感のようにさえ思われた。そこから来る苦悩は、彼が自尊心を保つためだと信じていたあの重苦しい苦悩とは何の関係もないのだった。この苦悩は彼をむしばみ、彼をいらだたせ、そして一つの答えを要求した。この苦悩にはなんら冷静なものがなかった。彼はなんとかしなければならない。何か適当なことを捜し求めなければならない。彼は決して口でなど言えないにきまっている。それに、どこで言えばいいのだ？　彼らの共通の宗教儀式と宗派分裂とは、筋をひどくめんどうなものにしてしまった。それに、彼らの混沌《こんとん》とした生活様式は、ある特殊な時に言われたある特殊なことをほとんど認めなかった。かりに、彼が勇気を出して話してみるとしても、まじめにとられそうにもなかったのだ。

彼は手紙を書いてやろうと思った。一石が投じられて、静かに水面を波立たしたところだ。第二の石について彼はなんにも予知することはできないのだ。けれどもその手紙は彼に代わって決定的な結果をもたらしてくるだろう。手紙（速達）は誰の手に渡るかわからない。みんなの集まっているまん中に落ちるか、アガートひとりのいるところに落ちるかで、それぞれの働きを決するのだ。彼は混乱を匿《かく》すだろう。翌日まですふくれ面を装っているだろう。それを利用して手紙を書き赤い顔を見せないですますだろう。

この策略はエリザベートをいらだたせ、かわいそうなアガートをすっかりしょげさせてしまった。アガートはポールが自分に反感を持っていて、自分を避けているのだと思い込んだ。その翌日、彼女は病気になってしまった。寝込んでしまって、部屋で食事をとった。

エリザベートはジェラールと二人きりで気まずい夕食をすました。その後でジェラールをポールのところへ行くようにせき立てた。そして、彼女がアガートの風邪を看病している間にポールの室にどうにかしてはいって行き、彼をなだめて、どうして自分たちに対して怒っているのか調べて来てくれるように頼んだ。

彼女はアガートが腹ばいになって、枕《まくら》に顔を埋めて、涙に泣きぬれているのを見た。エリザベートは蒼《あお》ざめていた。家の中の不快が彼女の魂の眠っていた層を揺り動かしたのである。彼女は一つの秘密を嗅《か》ぎ出した。そしてそれが何であるかを考えてみた。彼女の好奇心は、もう尽きるところを知らないのだ。彼女はこの不幸な娘をいたわり揺り動かした。そして白状させてしまった。

——あたし、あのひとを愛してるの、あのひとが好きなの、それだのに、あのひとはあたしをばかにしてるんですもの。

と、アガートはすすり泣いた。

やっぱり「恋わずらい」だったのだ。エリザベートは微笑した。

——まあ、かわいらしいおばかさん。

彼女はアガートがジェラールのことを言っているのだと思い込んで叫んだ。

——何の権利があって、あのひとがあんたをばかにするのか知りたいもんだわ。そんなことあんたに言ったの？　違うんでしょう。それじゃ、どうしたのよ。ほんとにうまくやってるわ、あいつ！　そんなにあのひとが好きだったら、あのひと、あんたと結婚すべきだわ。

エリザベートの嘲笑《ちょうしょう》を予期していたアガートは、この思いがけない解決を下したエリザベートの率直さに、しっかりして、安心して、気が遠くなるようだった。

彼女は若い寡婦の肩に頭をもたせかけてささやいた。

——リーズ、あんた親切ね。……ほんとに親切ね。でもあのひと、あたしを愛しちゃいないのよ。

——ほんとなの？　それ、

——そんなことありっこないんですもの。

——でも、ジェラールは内気よ、……

エリザベートはその肩をアガートの涙でぬらしたまま、揺り動かしたり、すかしたりしながら話しつづけた。ふいにそのとき、アガートは起きなおって言った。

——あの……リーズ……ジェラールのことじゃないわよ。あたし、ポールのことを言ってるのよ！

エリザベートは立ち上がった。アガートは口ごもった。

——ごめんなさい……ごめんなさいね……。

エリザベートはじっと眼を見据《みす》えた。両手を下にたれたまま、あの病人の部屋の中にいたときのように、立ったまま彼女は身体が沈んでゆくような気がした。そして、前に、母が母でない死人になり代わったのを見たときのように、彼女はアガートを見つめながら、涙にぬれているこの少女の代わりに、疑わしいアタリを、家の中に闖《ちん》入《にゅう》して来た泥棒女を見つめているのであった。


彼女は知りたかった。だがじっと自分を制していた。そして寝台の端のところに来て腰をかけた。

――ポールだったの？　まごついちまったわ。あたし夢にも考えなかったんですもの……

彼女は声を優しくして言った。

――ほんとにびっくりするじゃないの！　妙ね。まごつかせるわ、ほんとに。話してちょうだい、早く話してちょうだい。

そして再び、彼女はアガートを抱きしめ揺すぶってやりながら、打ち明け話がしやすいようにしてやった。詭計《きけい》を弄《ろう》して、暗いところに隠れているその感情の群れを明るみに引き出した。

アガートは涙を乾かし、洟《はな》をかんだ。そして揺られるままに、説き伏せられるままになっていた。彼女はすっかり胸のうちをぶちまけて、まだ自分自身にさえはっきりとは言えなかった告白をエリザベートの前に投げ出した。

エリザベートはアガートが、このつつましい気高い愛を語るのを聞いていた。ポールの姉の頸《くび》と肩にもたれているこの少女が、もしもその髪の毛を機械的になでている手の上にある冷酷な裁判官の顔を見つけたなら、肝《きも》をつぶしたことであろう。

エリザベートは寝台を離れた。彼女は微笑した。そして言った。

――ねえ、休んでらっしゃいよ。安心するのよ。なんでもないことじゃないの。あたしポールに相談してあげるわ。

アガートはぎょっとして立ちあがった。

——だめよ。だめよ。あのひとなんにも知らないんだから！　お願いだわ！　リーズ、リーズ、あのひとに話さないで……

——いいわよ。あたしにまかせておくんだわ。あんたポールを愛してるんでしょう。で、もしポールもあんたを愛してたら、とても都合がいいじゃないの。あんたを裏切るようなこと、あたししやしないわよ。安心してらっしゃい。知らん顔して、ポールに訊《き》いてみるわ。そうすればわかるでしょ。信用するのよ。おやすみ！　部屋から出ないようにしてらっしゃい。

エリザベートは階段を降りて行った。彼女はタオル地の化粧着をひっかけて、腰をネクタイで結んでいた。化粧着は引きずって、足にからまった。けれども彼女は機械的に降りて行った。その機械作用の中のざわめきだけを聞きながら。この機械作用は、化粧着の裾《すそ》がサンダルに踏まれないようにしたり、彼女を右へとか、左へとか命じたり、扉《とびら》をあけさせたりしめさせたりする。彼女は自分を、ある一定数の動作をするように弾条《ばね》が巻かれていて、途中でこわれでもしない限りそれをすっかりやってのける自動人形のように感じる。彼女の心臓は脈うち、耳は鳴った。その闊達《かったつ》な足取りにふさわしいどんな考えも彼女は考えてはいなかった。夢想は近づき、もの思う重い足音を聞かせた。そして飛ぶよりも軽い足取りを与え、銅像のあの重さと、潜水人のあの身軽さを結びつけた。

エリザベートは重々しく、また軽く飛翔《ひしょう》するように見える。その化粧着はまるであの原始人たちが超自然的人物の出現を知らせる時のような擾乱《じょうらん》をもって、彼女の踵《かかと》を囲んでいるとでもいうように、からっぽな頭で廊下を伝って行くのだ。彼女の頭は茫漠《ぼうばく》とした騒音で満たされ、胸は樵夫《きこり》の規則正しい斧《おの》の響で満たされていた。

もうこのときからこの若い女は、何にも邪魔されることはなかった。「部屋の精霊」が彼女に代わり、彼女に乗り移ってしまったのだ。それは事業家を捕えて失敗させないような指図を口授したり、水夫に船を救助する動作を、犯人にアリバイを作らせる言葉を口授したりする、あの精霊の一つであった。

この精霊の歩行が荒涼としたあの部屋の方へ行く小さな階段の前に彼女を連れて行った。ジェラールがそこから出て来た。

彼は言った。

——あんたを捜しに行こうと思ってたところなんだ。へんだよ、ポールは。あんたを僕に捜して来いって言うんだ。病人の具合はどう？

——偏頭痛よ。一人で寝かしておいてくれって言うの。

――あのひとのところへ行ってもいいかしら……

――行っちゃいけないわ。寝てるのよ。あたしの部屋へ行ってらっしゃい。あたしがポールに会って来るまで、あたしの部屋で待っててよ。

ジェラールの受け身な服従に安心して、エリザベートは部屋へはいった。一瞬間、昔のエリザベートがよみがえった。偽りの月や、偽りの雪などの非現実な戯れや、照り返っているリノリウム、その光を反射している役にも立たない家具、そして中央の支那町、神聖な囲い、部屋を護っている高い薄壁などをながめ渡した。

彼女はその壁を回って、屏風《びょうぶ》の一枚を広げた。そこに胸と首を夜具に押しつけて床の上にすわっているポールを発見した。彼は泣いていたのだ。彼の涙はもう、友情が破壊されたときに流れたあの涙ではない。アガートの涙にも似ていない。その涙は睫《まつ》毛《げ》の間にわき出して、しだいに大きくなって溢《あふ》れた。長いあい間を置いては流れ落ち、回り道をしながら半分開いた口のところで出合って、そこでたまり、まるで別の涙のようになってまた落ちてゆくのであった。

ポールは速達から恐ろしい結果を予期していた。アガートはもうそれを受けとっていないというはずはないのだ。無反応と、この待ちわびる気持ちとが彼を殺してしまったのだ。慎重な態度を取るようにと、沈黙を守るようにと、自分に誓った約束さえポールは見すててしまったのだ。彼はどんなにしても知りたいと思った。曖昧《あいまい》な状態には堪えられなかった。エリザベートはアガートの部屋からやって来たのだ。ポールは彼女に訊《き》いた。

——なんの速達？

いつもの流儀だったら、むろんエリザベートは口喧嘩《くちげんか》を始めて、口ぎたなくののしり合ったことであろう。そしてポールを黙らせたり、口答えさせたり、なおさら大声でどならせたりして、すぐに彼女の気を紛らせたに違いない。けれどもポールはこの裁判官の前で、優しい裁判官の前で、何もかも打ち明けてしまったのだ。彼は自分の発見を、自分のぶまさかげんを、速達のことを打ち明けてしまったのだ。そして姉に、アガートが拒絶したかどうかを知らしてくれと懇願した。この続けさまの打撃は自動人形に調子を狂わせるような分裂を生じさせるばかりであった。エリザベートはこの速達にすっかり驚かされてしまった。

アガートは承知していながら自分をからかったのであろうか。速達の封を切るのを忘れたのであろうか。それとも筆跡を知っていて、いまあけているところだろうか。あのひとはここへやって来るのではないだろうか。

エリザベートは言った。

——ちょっと、待っててね。あんたにまじめな話があるのよ。アガートはあんたの速達のこと、なんにも言わなかったわ。速達がひとりでどこかへ飛んで行っちまうって法はないことよ。きっとあるに違いないわ。あたし、行ってみるわ。またすぐ来るわよ。

　彼女は飛んで出た。そして、アガートの嘆きを思い出したので、もしか速達が玄関に置いてあったのではないかと思った。誰も外に出た者はない。ジェラールは手紙を見にも行かなかった。もし下に置きっ放しになっているのだったら、まだそこにあるはずだ。

　速達はやっぱりあった。皺《しわ》のよった反《そ》り返った黄色い封筒が、枯れ葉のように盆の上にのっていた。

　彼女は灯をつけた。ポールの筆跡だった。劣等生の拙《つたな》い手跡だった。しかし封筒には自分の宛名《あてな》が書いてあった。ポールがポールに出しているのだ。エリザベートは封を切った。

　アガート、怒っちゃいやだよ。僕はあんたを愛しているんだ。僕はばかだった。僕はあんたが、僕の不幸を願っているのだと思っていた。僕はあんたを愛しているることがはっきりわかった。もしあんたが僕を愛してくれないとしたら、僕は死んでしまうだろうということがはっきりわかった。どうか返事をくれるよう。くれぐれもお願いする。僕は苦しんでいる。僕はギャレリーから一歩も動かないだろう。

エリザベートはちょっと舌を出して肩を揺すった。住所が同じだったので、あわてきって気の転倒していたポールは、封筒に自分の宛名を書いてしまったのだ。彼女はポールのやり方を知っていた。そういう習慣はそう変えられるものではないのだ。

速達が玄関にひっかかっていたのではなくて、箍《たが》のように再び自分の手に戻って来たのを知ったなら、ポールはどんなに悲観することだろう。すっかり希望を失って、手紙を引き裂いてしまうことだろう。エリザベートは自分の気紛れからポールに痛ましい結果を与えるのはよそうと思った。

エリザベートはベスチェールの化粧室にはいって、速達を裂いてしまい、その痕跡《こんせき》をなくしてしまった。

それからまた不幸な弟の側に帰って来て言ったのだ。いまアガートの部屋を見て来たのだが、アガートは眠っていて、速達は簞笥《たんす》の上に放り出してあった。黄色い封筒で、中身の紙がはみ出していた。その封筒はいつでもポールの机の上に置いてある束と同じだったからすぐわかったのだ。彼女はそう言った。

——そのことで、アガートが何かあんたに言わなかった？

——いいえ、あたし、それを見たってことさえ、あのひとに知らせたくなかったんだもの。だからあのひとに聞いたりなんかしちゃだめよ。あたしたちが話したいと思ってること、あのひとと考えてみたこともないって返事するにきまってるわ。

ポールはあの手紙がどんな結果をもたらすか、想像することができなかったのだ。なんとなく、この欲望は成功の望みがあるようにも思われた。このような深淵《しんえん》や、このような陥穽《かんせい》があろうとは夢にも思いがけなかった。涙はポールのこわばった顔の上を流れた。エリザベートはポールを慰めながら、あの少女がジェラールに持っている愛を彼女に打ち明けた場面や、ジェラールの愛や、彼らの結婚の計画などを細々と話した。

――へんだわ。

彼女は力を入れて言った。――ジェラールがそれをあんたに言わなかったってのは。あたしはいつもあの人を脅かして催眠術をかけてるんだけれど。あんたはまるで違うのね。きっとあんたがあの人たちをばかにするだろうと思ってるのよ。

ポールは黙って、この思いがけない話の苦い味に浸っていた。エリザベートは話題を進めて行った。ポールはどうかしていたのだ。アガートは単純な少女だし、ジェラールは人のいい少年だ。彼らはお互いのために生まれて来たのだ。ジェラールの伯父《おじ》は年をとってきた。ジェラールは金持ちになり、自由な体になってアガートと結婚するだろう。そしてブルジョアの家庭をつくることだろう。彼らの幸運には何の障害もないのだ。その幸運をかき乱したり、事件を引き起こしたり、アガートを悩ましたり、ジェラールを絶望させたり、彼らの未来を毒したりすることは残虐で、罪深い、そうだ、たしかに罪深いことだ。ポールにはそんなことはできない。彼は単なる出来心にそそのかされて行動していたのだ。そんな出来心が相思の恋に対抗できるものではないということを、いまに彼は反省し、理解することだろう。

彼女は一時間語りつづけた。そして、正当な理由を弁護した。彼女は興奮して弁護に当たった。彼女はすすり泣いた。ポールは頭をたれてうなずきながら、両腕の中に体を投げ出していた。彼は若い二人が彼のところに報告しに来る場合にも、黙って機嫌のいい顔をしていようと約束した。速達のことでアガートが黙っているのは、あの手紙を単なる出来心からのものとして、すっかり水に流して忘れてしまおうと決心しているということを証明しているのだ。とは言えあの手紙でジェラールには意外な、ばつの悪さがあるかもしれない。しかし、婚約が万事折り合いをつけてしまい、二人の気持ちを紛らせてしまうだろう。新婚旅行がこの気まずさを徹底的に吹き散らしてしまうだろう。

エリザベートはポールの涙を拭《ぬぐ》ってやって、彼に接吻《せっぷん》した。蒲団《ふとん》のへりを折ってやり、それから囲いを出て行った。彼女はまだ続行しなければならなかったのだ。一撃また一撃と斬《き》りつけて、息をつくまもないあの人殺しの行動を、彼女の本能は知っていた。彼女は夜の蜘蛛《くも》のように、糸を引き、夜の四方に網を張りながら、重々しく、また軽く、疲れることを知らない歩行を続けていった。

ジェラールは彼女の部屋にいた。彼は待ちくたびれていた。

——どうだった？

彼は叫んだ。

エリザベートは頭からこき下ろした。

——あんたは、いつまでたっても大きな声でどなる癖がぬけないのね？　そんな大きな声でなきゃ話せないの。ポールは病気よ。あれはばかだから自分じゃわからないのよ。眼と舌を見ただけでわかるわ。熱があるのよ。お医者さんが感冒《かぜ》か、また病気の再発だか診《み》てくれるでしょ。あたしあのひとにちゃんと寝ていてあんたにも会わないように言いつけて来たのよ。あんたポールの部屋で寝るの……

——いや、僕は帰るよ。

——お待ちなさいよ。あんたに話すことがあるわ。

エリザベートは重々しい声になった。彼女は彼を腰掛けさせて、部屋をぐるぐる歩きまわりながら、アガートに対していったいどうしようと思っているのかと尋ねた。

——何をどうするんだい？

と彼は尋ねた。

——どうするんだいですって？

彼女は無愛想なおうへいな声で言った。そして、彼はアガートをからかっているんじゃないかときいてみた。アガートが彼を愛していて、結婚の申し込みを待っていることや、彼の沈黙の意味をどうとっていいかわからないでいることを知っているかどうかなどと尋ねた。

ジェラールは茫然《ぼうぜん》とした眼を見開いた、その腕はだらりとたれ下がった。

彼は咳《せ》いた。

——アガートだって……アガートだって……

——そうよ、アガートよ！

エリザベートは癇癪《かんしゃく》を立てて言い放った。

あんまり眼が見えなすぎる。あんなにたびたびアガートと散歩したんだから、わかっていそうなものなのだ。エリザベートは諄々《じゅんじゅん》と、ジェラールに対するこの若い娘の信頼を恋愛に変形させながら、時日を言ってやったり、証拠をあげたり、その山のような証拠でジェラールを動かしたりした。アガートはジェラールがエリザベートを愛しているのだと思い込んで煩悶《はんもん》しているのだ。けれどもそんなことはこっけいすぎることだし、ジェラールの財産から言ったって合点できるものではないとつけ加えた。ジェラールは穴でもあったら消えてしまいたいと思うほどだった。こんな野卑な非難は、金銭上の問題に無関心なエリザベートのすることとは思われなかった。ジェラールは耐え難い悩みを感じた。彼女は事を成就させるために、この悩みを利用した。そして彼の頭を圧倒的に打撃して、もうそんな弱々しい眼で彼女を見つめないように、アガートと結婚して、エリザベートがこんな和解者の役を演じたことなどは絶対に言いふらさないようにと、彼に強要した。彼女がこんな役割を演ずることは、ジェラールの盲目が彼女にそれを余儀なくさせただけのことなのだ。アガートに、その幸福がエリザベートのおかげであると信じられることは、ジェラールにはとうてい堪えられないことだろう。

——さあ、

彼女は結論を下した。——これはなかなか大仕事よ。おやすみ。あたしアガートのとこへ行って、報告して来るわ。あんたはあのひとを愛してるのよ。夢のような野望があんたの眼を眩《くら》ましてたのよ。目を覚ますんだわ。祝福するんだわ。あたしに接吻《せっぷん》して、世界じゅうでいちばん幸福な男だってことを白状なさい。

眼がくらんですっかり釣り込まれてしまったジェラールは、この若い女の命ずるままを是認したのだ。彼女は彼を閉じ込めて、また蜘蛛《くも》の糸を張りつづけながら、アガートのところへ昇って行った。

この人殺しのあらゆる犠牲のうちで、一人の若い娘が最も抵抗した。

アガートは打撃にあってよろめきながらも、譲ろうとはしなかった。エリザベートはポールが恋などのできる男でないことや、彼は誰も愛さないがゆえにアガートも愛さないということや、この利己主義者は自分自身を自滅させ、またうっかり彼を信頼する女をも破滅させてしまうだろうということを説き聞かせたり、それに比べるとジェラールはまじめで、愛に燃えている、そして未来を保護することのできる選ばれた人間だということを説き聞かせた。熱狂した論争のあとで、疲労のために弱り果てたこの年若い娘は、彼女の夢にまとわせていた羈絆《きはん》から、ようやくのことで脱したのであった。

エリザベートはアガートがべっとりと髪のくっついている額をあおむけながら、片方の手で胸の痛手を押えるようにして、もう一つの、石のように床《とこ》にたれた手を、敷布の外にぶら下げているのを見た。

エリザベートは彼女を抱き起こして、お化粧をしてやった。そして、ポールは決して彼女の告白を怪しむようなことはないだろうということや、また、ポールを怪しませないようにするためには、アガートがジェラールとの結婚を愉快そうに打ち明ければいいのだということを彼女に請け合った。

——ありがとう……ありがとう……あんたはほんとに親切よ……

と不幸な娘は泣きじゃくった。

——お礼なんか言わなくってもいいわよ。おやすみなさい。

エリザベートはそう言って部屋を出て行った。

彼女はちょっと立ち止まった。彼女は残忍な、重荷を下ろしたような心やすさを感じた。彼女は階段の下までやって来た。するとまた、彼女の心臓は脈を打ちはじめた。彼女は何か物音を聞いたのだ。足を上げようとしたときに彼女はポールの近づいて来るのを見た。

彼の長い着物は闇《やみ》の中に白く浮いていた。エリザベートはすぐわかった。ポールはまたモンマルトルの家でしばしばくり返されたあの不気味な夢遊病の軽い発作に襲われて、歩いているのだ。彼女は手すりにもたれかかりながら、足を浮かしたまま、じっと身動きもせずに立っていた。ポールが眼を覚ましてアガートのことを尋ねはしまいかと恐れたのだ。けれどもポールはエリザベートを見なかった。彼の視線はその辺の燭台《しょくだい》に注がれていた。この動きやすい女の姿には注がれてはいなかった。彼は階段を見つめていた。エリザベートは自分の心臓の騒音を恐れた。樵夫《きこり》が斧《おの》を打ち込んででもいるようなその響き渡る騒音を恐れた。

ポールはちょっと立ち止まった。それから、また道を引き返した。しびれた足を下ろして静寂の方へと遠ざかってゆくポールの足音にエリザベートは耳をすました。そして、自分の部屋にはいって行った。
隣の部屋は静まりかえっていた。ジェラールは寝たのだろうか。彼女は化粧台の前に立っていた。その鏡はエリザベートを不安にした。彼女は眼を落として、恐ろしい手を洗った。

伯父《おじ》は重態だった。婚約、それから結婚と、それぞれの役を演じながら、寛大を競いながら、わざとらしい上機嫌のうちに急いで行なわれた。ポールやジェラールやアガートたちがエリザベートをたまらなくさせたほど、ひどく陽気な内輪の式が行なわれた。饗宴《きょうえん》のあとで、死んでしまいそうな沈黙がのしかかってきた。彼女は、彼女の器用な腕で凶事から彼らを救い出し、彼女のおかげでアガートはポールの無秩序の犠牲にならず、ポールはまた、アガートの卑賤《ひせん》の犠牲にならずに済んだのだと、いくら考えてもむだだった。ジェラールとアガートは同一水準にいる人たちで、自分たち姉弟を通して求め合ったのだ。一年もたてば二人は子供ができて、彼らの境遇を祝福するであろうなどといくらくり返してみてもむだだった。彼女はあの病理学的な眠りからさめかけていた残虐な夜の足どりをいくら忘れようとしてもむだであり、彼らを保護者のような賢明さで動かしたのだと考えてみてもむだだった。彼女はやはり、不幸な者たちの前にいると混乱を感じ、彼らを三人だけにしておくことの恐怖を感じなければならなかった。……

彼らの一人一人については、エリザベートは安心していた。彼らの持っているデリカシーは、エリザベートの行為を悪くとったり、または悪意に解したりしかねない事実から彼女を保障してくれていた。それはどんな悪意だろうか。なぜ悪意など抱くのだろうか。どんな動機からの悪意だろうか。エリザベートは自分に尋ねながら安心した。それについてはなんの反駁《はんばく》も発見し得なかった。彼女はこの不幸な者たちを愛していたのだ。彼女が彼らを犠牲にしたというのも同情からであり熱情からなのだ。彼らを助け、彼女は彼らの上を飛びまわり、彼らを助け、彼らの知らない間に困惑から引き出してやったのだ。未来が彼らにそれを証明してくれるに違いない。こんな骨の折れる仕事は彼女の心にとってずいぶん苦労の多いことだ。けれどもそうしなければならなかったのだ。

と、エリザベートは危険な外科手術か何かのようにくり返して言った。彼女のナイフはメスになった。その晩のうちに決心して麻酔をかけ、手術しなければならなかったのだ。彼女は次から次へと自分のことを賞讃した。けれどもたちまち、アガートの笑い声が彼女を夢から呼びさました。彼女は再びテーブルの上によりかかって、このうつろな笑い声を聞き、ポールの快くない顔色と、ジェラールの愛すべきしかめ面を見た。彼女はまた疑惑の中に返り、苦痛を、執念深い委曲《いきょく》を、このすばらしい夜の幻影を追い払うのであった。

——そうしなければならなかったのだ。

ジェラールたちの新婚旅行はエリザベート姉弟を向かい合わせた。ポールは衰弱していた。エリザベートは同じ囲いのなかで、彼を見守り夜昼となく看護してやった。医者は徴候の認められないこの病気の再発をはっきり呑《の》み込むことができなかった。屏風《びょうぶ》で囲いをした部屋が医者を仰天させた。彼はポールをもっと居心地《いごこち》のよいほかの部屋に移すことができれば移してやりたいと思ったのであろう。ポールはそれを拒んだ。彼はわけのわからない布にくるまって生きていた。頰《ほお》を両手の中に埋めて、眼を据《す》えながら暗い不安に傷つけられてすわっているエリザベートの上で、赤い安木綿《やすもめん》が鈍く光っていた。赤い布は病人の顔を色づけた。それはちょうど、あの消防ポンプの反射がジェラールを欺《あざむ》いたように、エリザベートを欺いていた。そしてその光は虚偽のみで生きている彼らを落ちつかせているのだった。

伯父《おじ》の死がジェラールとアガートを呼び戻した。彼らは二階全部を譲ろうというエリザベートの切望を退けて、ラフィット街に居を構えてしまった。エリザベートは二人がしめし合わせて平凡な幸福をつくりあげ、（二人にふさわしいことといえばそれくらいのものだ）エリザベートの家の不規律な空気をもう気づかっているのだと推測した。ポールはこのエリザベートの切望を、彼らが受諾するのを恐れていた。エリザベートが彼に次のような決心を知らせたとき、彼はため息をついた。

あのひとたちはね、あたしたちみたいな人間は、あのひとたちの生活を混ぜ返す危険があると思ってるのよ。ジェラールは別にそんなこと言ってよこさなかったけれど、あのひとはアガートのために私たちみたいな人間を気にしてるんだわ。あたし、決してでたらめなんか言ってるんじゃなくってよ。あのひとはあのひとの伯父さんになってしまったのよ。あたしそれを聞いてあきれちまったわ。あたしあのひとが冗談に言ってるんじゃないかと思ったわ。あのひと、自分のこっけいさかげんを知ってるかどうかと思って。

ときどき、夫婦はエトアールで昼食や夕食をとった。ポールは起き上がって食堂へのぼって行った。そして、マリエットの視線の前で、このブルターニュ生まれのお婳《ばあ》さんの、不幸を嗅《か》ぎ出す悲しい視線の前で、自分のほんとうの心を隠す自己強制をまた始めるのであった。

ある朝、彼らは食卓に着こうとしていた。

——僕、だれに会ったと思う？　あててごらん。

ジェラールが、ちょっとふくれ面をしてみせたポールに向かって、快活に尋ねた。

——ダルジュロに会ったんだよ。

――ほんとかい？

――ほんとだとも、ダルジュロに会ったんだよ。

ジェラールは路《みち》を横切っていた。ダルジュロは小型の自動車を操縦しながら、もう少しで彼を轢《ひ》き殺しそうになるところだった。彼は止まった。ダルジュロはもうジェラールが相続を済ませて、伯父の工場を管理しているということを知っていた。その工場の一つを訪《たず》ねようと思っていたのだ。彼は方向を誤らなかったわけである。

ポールはダルジュロが変わっていたかどうかを尋ねた。

――相変わらずさ。少し顔色が蒼《あお》くなったようだけれど――誰が見たってアガートの兄さんだね。前みたいにおうへいじゃなくなってるよ。とてもとても愛想がいいんだ。しょっちゅうインドシナとフランス間を往復しているんだそうだよ。なんとかいう自動車の代理販売をやってるんだってさ。

彼はジェラールをホテルの自分の部屋に連れて行って、ジェラールに、このごろ「雪球」と会っているかなどと尋ねた。「雪球」の奴《やつ》っていうのはつまりポールのことなのだ。

――どうしたんだい、それから。

――会ってるって言ってやったんだよ。そしたらね、「あいつ、相変わらず毒薬が好きかい？」なんてきいたぜ。

――毒薬ですって？

アガートはびっくりして飛び上がった。

ポールはけんか腰になって叫んだ。

――そうさ。毒薬って奴《やつ》はすてきだよ。級《クラス》じゃ、いつも毒薬を手に入れることばかり、僕らは夢中になってたんだよ。（ダルジュロが毒薬をほしがっていて、僕がダルジュロのまねをしていたと言った方がいっそう正確かもしれない）

アガートはいったいそれをどうするのだと尋ねた。

――別にどうするってわけじゃないんだ。ただほしいんだよ。ただ毒薬がほしいってことのためにほしがってたんだよ。すてきじゃないか！　僕は毒蛇だの、曼陀羅華《まんだらげ》だのを手に入れたいと思ったり、ちょうど僕がピストルを持っているように、毒薬が手に入れたかったんだ。そこだよ。ただそこんとこの気持ちだけで考えるんだね。それが毒薬さ、すてきじゃないか！

エリザベートは賛成した。彼女はアガートに反対して、あの「部屋の精霊」によって賛成した。彼女も毒薬が大好きだった。モンマルトルで彼女は自分の製造した贋《にせ》の毒薬を瓶の中に密封して、もの悲しい貼《は》り札をして恐ろしい名称を工夫したのだった。

――まあいやだジェラール、このひとたち、気がへんよ！　あんたたち、おしまいには重罪裁判所だわ。

アガートのこのブルジョア的な反抗がエリザベートを有頂天にさせた。そして、ひそかに彼女が想像していた、まだこの二人のどこかに軽蔑《けいべつ》しきれない何かが残っていたように思っていたことまで捨ててしまって、若夫婦に寄せていた態度を明らかにしたのであった。彼女はポールの方に向いてまばたきをした。

ジェラールは続けた。

――ダルジュロは支那だの印度《インド》だの、アンティールだの、墨西哥《メキシコ》だのの毒薬や、毒矢に使う毒だの、拷問の毒だの、復讐《ふくしゅう》の毒だの、それから犠牲《いけにえ》に使う毒なんか出して見せてくれたよ。あいつは笑いながら「雪球」に「いまでも僕は学校にいた時分とちっとも変わっちゃいないって、あのころ毒を集めたいって思っていたとおりいま集めてるって言ってやってくれ。ああ、この玩具《おもちゃ》をあいつんとこへ持ってってくれないか」って言ったよ。

ジェラールはポケットから新聞紙に包んだ小さな包みを取り出した。ポールと姉とはとても待ちきれなかった。アガートは部屋の向こう端にいた。

彼らは新聞紙をあけてみた。中には綿のように破れた支那紙で包んである握り拳《こぶし》ほどの黝《くろ》い球がはいっていた。きれ口は赤みを帯びてぎらぎらした傷口を見せていた。外の部分はトラフルのような質の土で、あるいは新しい土塊のような香を放ち、あるいは玉葱《たまねぎ》やジェラニュウムのエッセンスのような、激しい臭いを放っていた。

みんな黙り込んでいた。黝《くろ》い球が沈黙を強制したのだ。それは一匹の爬虫類《はちゅう》から出てでもいるように、頭が幾つも発見されるもつれ合った蛇《へび》のように、蠱惑《こわく》し、また嫌《けん》悪《お》の念を起こさせる。

そして、その中からは死の幻惑が発散していた。

——こいつは薬だ。薬になるんだ。毒にはならない。

とポールは言った。

彼は手を伸ばした。

——さわっちゃだめだよ！（ジェラールが彼を止めた）毒にしろ薬にしろ、ダルジュロは君にこれをあげるけれど、決してさわっちゃいけないって、特に注意したんだからね。第一君はあんまり無自覚すぎるよ。こんな穢《きたな》らしいもの、絶対に君なんかに任しとけないぜ。

ポールは怒った。エリザベートの言ったことはほんとうだと思った。ジェラールがこっけいに見えた。彼はすっかり伯父さん気取りでいる。等々……

——無自覚ですって、

エリザベートはひややかに笑った。

——見てごらんなさい！

彼女はその黝《くろ》い球を新聞でつかんで、テーブルのまわりをぐるぐる回りながら弟を追っかけ回した。彼女は叫んだ。

——お食べ、お食べ、
アガートは逃げだした。ポールは飛び上がって顔を隠した。

——それごらん、これが無自覚なの、これがヒロイズムなの！

エリザベートは息をはずませながら嘲笑《あざわら》った。

ポールは言い返した。

——ばか、自分で食べてみろ。

——ありがとう。あたし死んじゃうわ。でもそれじゃあんたあんまり仕合わせすぎるでしょう。あたし、あたしたちの毒薬を宝物の中に入れとくわ。

——臭いが鼻につくね。鉄の箱の中へでもしまっとかなくちゃ。

エリザベートは球を包んでビスケットの古箱の中に入れた。それから出て行った。彼女はピストルや、髭《ひげ》の描いてある半身像や、本などの散らばっている宝物箪笥《だんす》のところまで来ると、それをあけて、その箱をダルジュロの写真の上に置いた。彼女は少し舌の先を出しながら、あの蠟人形《ろうにんぎょう》に呪《のろ》いの針を刺し込む女のような様子をして、注意深くうやうやしくその箱を置いたのであった。

ポールはダルジュロのまねをして、野蛮人や、毒矢のことばかり話したり、殺戮《さつりく》をくらますために郵便切手の糊へ毒を塗る方法を考案したり、残忍な人間を担《かつ》ぎあげたり、一瞬の間も毒が人を殺すこと以外は考えなかったあの級《クラス》の学生時代に舞い戻ってしまった。

ダルジュロは肩をゆすりながらふり返って、ポールを何の取り柄もない娘っ子扱いにしたのである。

ダルジュロは自分の言葉に随喜《ずいき》の涙を流すこの奴隷を忘れなかった。そしていま、その自分の嘲笑《ちょうしょう》を大成したのである。

黝《くろ》い球の出現は姉と弟とを激しく熱狂させた。部屋は隠れた力でみちた。それは革命部隊の生きた爆弾となり、胸を激情と愛情とで燃え上がらせたあの若いロシア娘の一人となった。

ポールは(エリザベートの言葉によれば)ジェラールがアガートを奪い出したがったり、それを自分に見せつけたりしたことだの、それから自分がアガートに挑戦したことだのを、そんなとっぴなことの起こったのを心ひそかに喜んだ。

エリザベートはまたエリザベートで異常なことや危険なことを喜んで受け入れるポ

ールを、そして宝物の意義を忘れていない昔のポールを見てひそかに喜んだ。黝《くろ》い球はポールにとって、卑俗な雰囲気に対抗する対塁を象徴した。そしてアガートの勢力がしだいに彼の心から消えて行くことを望んだのである。

しかし、ポールの心の傷手《いたで》をすっかりいやしてしまうには不十分だった。彼は蒼《あお》ざめ、瘦《や》せ、食欲を失って、気の抜けたようになり、憔悴《しょうすい》しつづけたのである。

邸宅では日曜日になると、家じゅうのものに暇をやるという、アングロ・サクソン風な習慣があった。マリエットは魔法瓶やサンドウィッチを用意しておいて朋輩《ほうばい》といっしょに出かけて行った。運転手は彼女たちの掃除《そうじ》の手伝いをしてから、一台の自動車を引き出して、客を拾って乗せて行った。

その日曜日は雪が降っていた。エリザベートは医者の指図どおり、カーテンを引いて部屋の中で寝《やす》んでいた。五時であった。ポールは正午からうつらうつらしていた。ポールはエリザベートに自分ひとりにしておいてくれるように、そして彼女は彼女の部屋に帰って、医者の指図どおりにするようにと頼んだのだ。エリザベートは眠った。そして、次のような夢を見た。——ポールが死んでしまった。彼女はギャレリーと同じような森を横切っていた。なぜならば、樹々の間に陰で区分された高い窓ガラスから光がさしていたからだ。彼女は球突き台や、椅子《いす》や、林間の空地を飾りつけているテーブルなどを見た。そして彼女は考えた。「あの小山のところまで行かなければならない」夢では「小山」は玉突き台の名前になった。彼女は歩いたり、小走りに走ったりした。けれども、そこにはなかなか行き着くことはできなかった。彼女はぐったりと疲れて横になった。そして眠った。するとふいにポールが彼女を呼び起こした。

彼女は叫んだ！

——ポール、おお、ポール、おまえ死んだんじゃなかったの？

ポールが答えた。

——いや、僕、死んでるんだよ。だけどあんたもいま死んだんだ。だからあんたは僕に会えるんだ。僕たちはいつでもいっしょに生きて行くんだよ。

彼らはまた歩きだした。長いこと歩いてから彼らは小山のところにたどり着いた。

——ねえ、

と、ポールは言った。（彼は自動採点器の上に指を置いていた）

——告別のベルをお聞きよ。

採点器は全速力でマークをつけた。そして林間の空地に電鈴の爆鳴が鳴り響いた。

……

エリザベートは汗をびっしょりかいて、恐ろしい顔をして寝台の上にすわった。ベルが鳴り響いた。今日はこの邸《やしき》に召使いのいないことを彼女は思い出した。まだ悪夢にうなされながら、彼女は階段を降りて行った。髪を振り乱したアガートが白い突風とともに玄関にころげ込んだ。彼女は叫んだ。

――ポールは？

エリザベートは夢からさめてわれに返った。

――え？　ポール？

と彼女は言った。

――いったいどうしたの？　あんた、ポールはひとりでいたいって言ってたわ。きっと例のとおり眠ってると思うわ。

――早く、早く、

訪問者は息をはずませた。

――走ってって！　あのひとあたしに、毒を呑《の》んだって、あたしが来ても間に合わないだろうって、あんたを部屋から遠ざけるだろうって、言ってよこしたの。

マリエットは四時に、ジェラールたちのところへ手紙を届けたのだ。

茫然《ぼうぜん》として、まだ眠っているのではないか、夢の続きではないかと疑っているエリザベートをアガートは突き飛ばした。二人の女は駆けだした。

白い樹木や、突風はギャレリーの中でエリザベートの夢を続けていた。向こうの方には玉突き台がまだ「小山」として残っていた。それは現実が悪夢からすっかりさめきらぬ地震の廃墟《はいきょ》であった。

――ポール、ポール！ 返事してちょうだい！ ポール！

光っている囲いの中は静まりかえっていた。そこからは疫病の妖気《ようき》がたちのぼっているようだった。はいるとすぐ、彼女らは異変を発見した。いまわしい臭気が、――この娘たちの見知っていたトラフルや、玉葱《たまねぎ》や、ジェラニュウムの、あのまっ黒な赤みを帯びた臭気が、部屋に充満してギャレリーにまで及んでいた。ポールは姉と同じタオルの化粧着を着て、瞳孔《どうこう》を開いたまま見違えるような顔をして横たわっている。高い所からはいって来る雪の光は、疾風につれて息づきながら、鼻と頰《ほお》だけが光をあびている蒼白《あおじろ》いマスクの上に陰影を動かしている。椅子《いす》の上には毒の黝《くろ》い球の残りや、水差しや、ダルジュロの写真などが雑然と並んでいた。

事実が具備する舞台装置は、われわれの想像するものとは全然似ても似つかないものだ。その単純さ、その偉大さ、その奇異さ詳細さなどはわれわれを当惑させる。若い婦人たちも最初、すっかり狼狽《ろうばい》してしまった。認められないことを認め、受け容《い》れられないことを受け容れなければならないのだ。まるで知らないポールを識別しなければならないのだ。

アガートは急いで、ポールのそばへ行ってひざまずきながら、彼がまだ息をしているかどうかを確かめた。彼女はわずかに希望を繫《つな》いだ。

――リーズ、
と彼女は嘆願した。――ぐずぐずしてないで、着物を着替えてちょうだいな。この恐ろしい球は、ただの麻薬かもしれないわ。害のない麻薬かもしれないわ。魔法瓶を捜して来て！　それからお医者を呼びに駆けてって？

――お医者は猟に行ってるの……

と不幸な彼女はつぶやいた。――今日は日曜なんですもの、誰もいないわ。……誰も。

――魔法瓶を捜して来て！　早く！　早く！　まだ息をしているけれど、氷のように冷たいのよ。湯たんぽを入れてやらなくちゃならないわ。熱いコーヒーを飲ませてやらなくっちゃならないわ！

エリザベートはアガートのしっかりしているのに驚いてしまった。どうしてポールに触れたり、話したり、やきもきと世話したりすることができるのであろう？　どうして湯たんぽの必要なことを知っているのだろう？　どうしてこの雪と死との宿命に対して冷静な努力を向けることができるのだろう?

突然、彼女は動きだした。魔法瓶は彼女の部屋にあるのだ。

――よく包んでやって!

囲いの向こう側から、彼女はどなった。

ポールは息をしていた。この毒薬はただの麻薬かどうか、あれだけの分量で死ねるものかどうかなどと考えながら、得体《えたい》の知れない四時間を経過して、彼はもう、苦しい所から脱け出ていた。彼の手足はもう存在してはいなかった。彼は浮遊した。昔の平和を取り戻した。けれども、内部の涸渇《こかつ》と唾液《だえき》の完全な欠乏が、彼の喉《のど》や舌を硬直させてしまった。そしてまだ感覚の残っている皮膚のところどころが、堪えられないようなどんよりとした感じをよび起こした。彼は水を呑《の》もうとした。けれども、常軌《じょうき》を逸した体の動きのために水差しを椅子《いす》の上でないところに捜した。それから、間もなく彼の脚も彼の腕もすっかり麻痺《まひ》して、もう身動きもしなくなってしまったのだ。

眼を閉ざすたびごとに、彼は同じ光景を見た。――女の灰色の髪をした牝羊《めひつじ》の途方もない大きな頭だの、眼をえぐられた、死んだ兵士たちだのが革帯で足を縛《しば》りつけられている樹の枝のまわりを、兵器を携帯したまま静かに、そしてしだいしだいに早くまわっていた。彼の心臓の鼓動は寝台の弾条《ばね》に伝わって音楽をよび起こした。彼の両腕は樹の枝になった。そして、樹の皮は太い血管で覆われていて、兵士たちはその枝のまわりをぐるぐる回って、また同じ光景がくり返されるのであった。

この仮死の衰弱は、ジェラールがモンマルトルに彼を連れ帰ったときの、あの昔の雪や、自動車や、放心などの場景をよみがえらせた。アガートはすすり泣いた。

——ポール！　ポール！　あたしを見て、あたしに話して、……

激しい味が彼の口をおおった。

——みず……

と彼は発音した。

彼の唇はくっついて、からからに乾いて罅《ひび》が入っていた。

——ちょっと待ってね、エリザベートが魔法瓶を持って来るから、あのひと、湯たんぽを暖めてるのよ。

彼はくり返した。

——みず……

彼は水がほしかった。アガートは彼の唇をしめしてやった。そしてなぜこんなばかげたことをしたのか話してくれと言った。それからまた、手さげから手紙を出してポールに示しながらこの手紙はどうしたのか話してくれ、と懇願した。

——おまえのせいだよ。アガート……

——あたしのせいですって？

それからポールは一語一語を区切りながら、ささやくようにありのままのことをぶちまけて説明した。アガートは口を入れ、叫びだしながら弁解した。開かれた陥穽《かんせい》はその曲がりくねったからくりをあばき出してしまったのだ。瀕死《ひんし》の男と若い女とはこの陥穽に触れ、再びその後をたどりながら、この非道な陰謀の輪機を一つ一つとりはずして行った。一人のエリザベートという犯人が彼らの会話から浮かんできた。彼らを個別訪問したあの夜のエリザベート、悪辣《あくらつ》な強情一徹なエリザベートが浮かんできた。

彼らは彼女の仕事がすっかりわかった。アガートは叫んだ。

——生きなくちゃいけない！

しかし、ポールは呻《うめ》いた。

——もうだめだ！

そのときだった。エリザベートは彼らを二人だけにしておく心配に追いたてられながら、湯たんぽと魔法瓶とを持って帰って来た。異様な沈黙があの陰鬱《いんうつ》な臭気に代わった。エリザベートは背を向けながら、よもや暴露したとは思わずに、箱や瓶を動かしたり、コップを捜したり、コーヒーをついだりした。彼女はお人好しの方に近づいて行った。彼らの視線が彼女を捉《とら》えた。残忍な意志がポールの上半身を引き起こした。アガートがそれを抱きかかえた。彼らの一つになった顔は憎悪に燃えていた。

――飲んじゃだめよ！　ポール。

アガートのこの叫び声がエリザベートの動作を止めた。

――気でも違ったの？

エリザベートはつぶやいた。――あたしがこのひとを毒殺したがってでもいると言うの？

――やりかねないわよ、あんただったら。


死の上にまた死が一つ加わった。エリザベートはよろめいた。

彼女は返事をしようとした。

――悪魔！　穢《けが》らわしい悪魔！

エリザベートはポールにまだ話をする力があって、面と向かって自分の恐怖を言い表わそうなどとは夢にも思っていなかった。それだけにポールの言い放ったこの恐ろしい言葉は、彼女を激しく打ちのめした。

――穢わしい悪魔！　穢わしい悪魔！

ポールは言いつづけた。苦しそうに息を切らしながら、眼瞼《まぶた》の割れ目の間から、不断に燃える青い炎のような、青い視線で彼女を射すくめた。拘攣《こうれん》や顔面痙攣《けいれん》が彼の美しい口をゆがませ、涙の泉をも涸《か》らしてしまった涸渇《こかつ》がその視線に熱病のような光と狼《おおかみ》の燐火《りんか》とを通じたのだ。雪は窓ガラスを打っていた。エリザベートは後退りをした。

——ええ、そうよ。

と、彼女は言った。——ほんとよ。あたし妬《や》いたの。あたし、あんたをなくしたくなかったの。あたし、アガートが大嫌い。だからあんたをアガートが家からさらってゆくのを黙って見ていることができなかったの！

告白が彼女を偉大にし、大きく見せ、あの奸策《かんさく》を弄《ろう》する習慣から彼女を引き離した。この騒ぎによって、後に投げ返された髪の束は、残忍な小さい額を広く露出《むきだ》しにして、涙ぐんだ眼の上で、建築的にみせた。四面楚歌《しめんそか》のうちに「部屋」といっしょになって、彼女はアガートに挑戦し、ジェラールに挑戦し、ポールに挑戦し、世界じゅうのものに挑戦した。

彼女は箪笥《たんす》の上のピストルをつかんだ。アガートはどなった。

——このひとは射つのよ！　あたしを殺すのよ！

彼女は譫言《うわごと》を言っているポールにしがみついた。

エリザベートはこの気どった女を、射とうなどとは夢にも思ってはいなかった。彼女はそのピストルを、ちょうど、間者が隅に追い詰められて、潔く戦死しようとする態度をとるときの、あの本能的な動作でつかんだのであった。

神経的な発作や懊悩《おうのう》に直面しては、彼女の傍若無人な態度もことごとく力を失った。その威力もなんの役にも立たなかった。

驚愕《きょうがく》したアガートは突然次のような事実を見た。——支離滅裂になった精神錯乱者は、しかめ面をして髪をひきむしり、眼をひきつらせながら舌を出して鏡に近づいて行った。

エリザベートはもう、彼女の緊張しきった内部に連絡のとれない省察を持つことができなかった。彼女は異様な無言劇のうちに狂気の状態を現わし、極度にこっけいな動作によって、生命を破棄し、生存の限界から後退する。そして劇は彼女を追放し、もはや彼女を支持しない瞬間に至ろうとしているのだ。

——このひとは気違いになったんだわ！　助けて！

とアガートは叫びつづけた。

この気違いという言葉が、エリザベートを鏡から振り返らせた。そして発作を制禦《せいぎょ》した。彼女は心を鎮めた。彼女は武器と空虚とをふるえる手の間に握りしめた。彼女は頭をたれて、立っていた。

彼女は「部屋」が、眩暈《めまい》のするような坂の上を終局へとすべっていることを知っていた。しかし、この終局はのろのろと近づくのだ。生きていなければならなかった。

緊張は弛《ゆる》みそうにもなかった。それで、彼女は数えたり、計算したり、乗算したり割ったり、日付や家屋の番地やを思い出したり、それらを総計したり、間違えたり、やりなおしたりした。ふと彼女は夢で見た小山が、「ポールとヴィルジニー」の中から来たものであることを思い出した。その中では、小山は丘を意味していた。彼女はこの本に書いてあることはイル・ド・フランスで起こったのではないかと考えた。イルの名称が数字に置きかえられた。イル・ド・フランス、イル・モーリス、イル・サン・ルイ。彼女は空虚なことや、譫言《うわごと》やを言って、暗誦《あんしょう》したり、混乱させたり、交ぜ返したりした。

彼女の平静がポールを驚かした。彼は眼を見開いた。彼女は彼を見つめた。しだいに遠のいて行く落ちくぼんだ眼に出合った。その眼は、憎悪から神秘な好奇心に変わっていた。エリザベートはこの表情に接して、勝利の予想をもった。姉と弟の本能が彼女を感動させた。この眼差《まなざ》しをこの新しい眼差しを離れないで、彼女は生気のない仕事を続けた。彼女は計算し、計算し、暗誦《あんしょう》し、彼女が虚無を広げて行くにつれて、しだいにポールは自己催眠に落ちて行き、あの放心に陥り、軽やかな「部屋」に帰っていることがわかったのだ。

熱は彼女をはっきりさせた。彼女は秘術を発見した。彼女は闇《やみ》を支配した。今までわけもわからずにまるで蜜蜂《みつばち》が働くようにやっていたことを、サルベートリエール病院の患者と同じように、無意識な機械作用でしていたことを、中風患者がふとした事件が起こった機会に立ち上がるように、彼女は了解し、思い起こした。

ポールは彼女のあとを追った。ポールはやって来た。それは明白だった。この確信は彼女の不思議な脳の働きの基調となった。彼女は続け、続け、続けて、その実行によって彼を魅惑した。彼女には確かに感じられた。ポールはその頸《くび》にしがみついているアガートのことをもはや感じていないのだ。もはやアガートの嘆きなどに耳を傾けてはいないのだ。姉と弟とはどんなにしてお互いにわかり合おうとしたことだろう。彼らの叫び声は、彼らが死の唄《うた》を組み立てた音調よりも、さらに低く低く響いた。彼らはだんだん上って行く。二人はいっしょに手をとって上って行く。エリザベートはその獲物《えもの》を手に入れたのだ。ギリシャの俳優の高い木底の靴をはいて、彼らはあのアガメムノンとメネラオスの骨肉相鬩《あいせめ》ぐアトリードの地獄から逃《のが》れ出た。もはやすでに、神の審判の英知だけでは不十分だったろう。彼らは彼ら自身の才能を頼るよりほかはなかった。もう少しの根気で、彼らは肉体が溶解し、魂が結合し、不倫が徘徊《はいかい》しない場所に至るのだ。

アガートは、まるで二人とは他のところに、他の時代に泣きわめいているように見えた。エリザベートとポールとは窓ガラスを動かしている高雅な動揺よりもその存在に対してむとんじゃくだった。電気の強い光が、赤い布のまっ赤な反射を受けて覆われているエリザベートの側を除いたほかの薄暗を照らしている。エリザベートは虚無を広げながらポールが光明に輝いているのを見ながら、しだいに彼を闇《やみ》の方へと引きよせて行った。

瀕死《ひんし》のポールは衰弱して行った。彼はエリザベートの方を、雪の方を、放心を、子供のころの「部屋」を振り返った。聖母の糸が彼を生命に結びつけ、錯雑した思想を彼の石のような体に繋《つな》いだ。彼は姉が、彼の名を呼んでいる背の高い婦人が、もうはっきりとは見えなかった。エリザベートは、恋人が相手の悦楽を待つために自分の悦楽を延ばすように、指を引きがねにかけて弟の死の痙直《けいちょく》を待ちながら、彼にまたあの世で会おうと叫びながら、彼の名を呼びながら、彼らが死の中で自由な身となるすばらしい瞬間を待ちうけていた。

すっかり気力の失《う》せたポールはがっくりと頭を落とした。エリザベートはこれが終わりだと思った。彼女はピストルの銃口を顳顬《こめかみ》に押し当てて、引きがねを引いた。彼女は一つの屏風《びょうぶ》と共に倒れた。恐ろしい響が彼女の上に襲いかかった。雪の窓ガラスの青白い光がさらけ出され、囲いの中にある砲撃された市街の内部の傷口がさらけ出され、秘密な「部屋」での芝居が観客の前にさらけ出された。

この観客たちをポールは窓ガラスの外にはっきり見た。

アガートは死の恐怖のために口をつぐんだまま、エリザベートの死骸《しがい》から血の流れるのを見つめていた。それだのに、ポールは、外で、氷花や溶けかかった氷の畝《うね》の間で、押し合っている、雪合戦のために赤くなった鼻や、頬《ほお》や、手を見ていた。彼には、顔や短い外套《がいとう》や襟巻《えりまき》などがわかった。彼はダルジュロを探《たず》ねた。しかし彼だけはどうしても見つからなかった。彼はただその身振りを、途方もない尊大な身振りだけは見たのだった。

――ポール！　ポール！　助けて！

アガートはがたがたふるえながら身をかがめた。だが、彼女はどうしようというのだ。どうするつもりなのだ。ポールの眼は消えてしまった。糸は切れた。飛び去ってしまった「部屋」の中には、ただ、悪臭と、縮み遠ざかり消えて行く一人の婦人とが、隠れ場の上にいるばかりだった。

解説

小佐井伸二

ジャン・コクトーの肖像

ある有名な婦人が、彼女はその時代に大きな足跡を残している女たちのひとりなのだが、ある日私に言った——「ジャン・コクトーの傑作、それは彼の人生です」
（ロジェ・ランヌ）

早熟の詩人　ジャン・コクトーは、その才能を人々に認められたとき、まだ十歳になっていなかった。しかも、そのころすでに彼の「仲間」は、「アカデミー会員と大臣だった」。すなわち、カテュール・マンデス、エドモン・ロスタン、ジュール・ルメートル、ユージェニー女后、モンテスキュー、アンナ・ド・ノアイユ……

彼は十六歳にしてすでに詩人、しかも成功した詩人だった。『アラディンのランプ』の朗読会にはパリじゅうの人々がおしかけた。

一九一三年、ロシア・バレエが、幼年時代にジュール・ベルヌの『八十日間世界一周』を読んだとき以来忘れていた感動を彼に与えた（のちに、彼はベルヌにならって「八十日間世界一周」を試みるだろう）。そしてニジンスキーの謎《なぞ》めいた笑みのもとに、ディアギレフの言った一語――「ぼくを驚かせてみたまえ」――が、彼に『ポトマック』を書かせる。

第一次世界大戦とコクトー　戦争がはじまる。まさに映画のような冒険。コクトー自身の回想によれば――「ぼくは健康状態がよくなかったので戦争へ行かれなかった。そこでいんちきをやった。赤十字の民間救護班の自動車に乗って、ベルギーへはいり、コクシード・バンの海軍陸戦隊のもとへついた。救護班の自動車がそこをひきあげるときに、ぼくをおき忘れて行ってしまった。そこでぼくは水兵の服を着て、陸戦隊に加わった。ところが、ある日、海軍大将から十字勲章に推薦されてはじめてぼくのもぐりであることがばれてしまった。ぼくは二人の憲兵に護衛されて、まずコクシード・ヴィルへ連れて行かれた。というのはぼくはこの町に住んでいたので、家へ身のまわりのものをとりに寄りたいと申し出たから。で、その家の地下室にはいり、外で憲兵たちが待っているすきに、ぼくはのぞき窓からまんまと逃げて、反対の方角の道へ出た。すると、向こうから指令官の車がやってくる。ルイ・ジルが乗っていた。……それで陸戦隊へ送りとどけてもらった。ぼくは水兵たちにかわいがられていたので、ぼくが二人の憲兵に連行されていったとき心を痛めてくれた彼らは、ぼくが指令官の車に乗って現われたのを見て、あっけにとられた。……実は、仲間の大半は、ぼくが出発した翌日、サン・ジョルジュの部署で戦死してしまった。ぼくはいんちきがばれて連行されたばかりに命拾いしたというわけだった」。それから、彼は、フランス航空隊の名飛行家ロラン・ガロを知って、空中曲芸にうき身をやつす（のちにガロが事故死したとき、その操縦席にはコクトーの『喜望峰』の校正刷が張りつめてあったという）。

アンジュー街にて

時代の寵児《ちょうじ》　戦争が終わるとともに、彼の華々しい活躍がはじまる。演劇と舞踏を、音楽と詩を、まったく新たに変えること。そしてまた絵画を。クローデルの演劇とストラヴィンスキーの「春の祭典」、コメディ・デ・シャンゼリゼとコポーのヴィユー＝コロンビエ、ピカソのパピエ＝コレとシャネルの服、彼はそのすべての洗礼をほどこす。『エッフエル塔の花婿花嫁《はなむこはなよめ》』と『喜望峰』の詩人は今や時代の寵児だ。少年たちは『雄鶏とアルルカン』を新しい聖書とし、『詐欺師《さぎし》トマ』をまねることを夢みる。パリの高級酒場は彼の作品の題名を店の名に借りるだろう。たとえば、『屋上の牡牛《おうし》』、あるいは『大股《おおまた》びらき』。

ラディゲの死　しかし突然、彼が「息子とも思って愛していた」レーモン・ラディゲが死ぬ。「三日後にぼくは神の兵隊たちに銃殺されるだろう」と言ったとおりに。一九二三年十二月十二日のことだ。コクトーは阿片《あへん》を服用することによってその悲しみをいやそうと試みる。もう文学は不可能だ、と彼は書く、「文学から出なければならない。文学によって文学から出るのは無駄《むだ》だ。ただ愛と信仰とがぼくたちを自分自身から出ることを可能にしてくれる……芸術のための芸術も、群衆のための芸術もひとしく馬鹿げている。ぼくは神のための芸術を提案する」。この叫びを、ジャック・マリタンが聞く。コクトーはこの「深淵《しんえん》の底の光輝く盲目の魚」マリタンに導かれてカトリックに近づく。しかしジャン・デボルドの小説のためにコクトーの書いた序文がカトリック信者のあいだにスキャンダルをひきおこし、そのためにマリタンとも不和になる。

現代のオルフェ　以後、コクトーはなおしばらく彼につきまとうスキャンダルを外に、阿片中毒から必死にのがれようと試みながら、ひとり知られざる神をさがして彼自身の内部へ降りてゆく。そう、ちょうどオルフェが死んだユーリディスを求めて地獄へ下ったように。三十半ば以後の詩人の肖像は、それゆえ、「いわゆるベル・エポックの思い出を絶望的に長びかせようと努める老青年」、つまり「その奇癖がサラ・ベルナールの、その才能がエドモン・ロスタンの日付けをもつ」老青年に似るだろう……

晩年―ある回想から　ここに、現代の批評家ボアデッフルによるそんな肖像のひとつがある。長くなるが訳してみよう（読者はその細部にコクトーのたましいの深いしわを読みとってほしい）。

「一九五〇年のある日、私は彼に会いに行った。もうひとりの永遠の子供、コレットが老いていったあの家へ。ジャーナリストの足は遠のいていた。……影が軒蛇腹《のきじゃばら》の上におりていた。鳥たちさえ沈黙していた。コクトーは、赤いビロードの長椅子《ながいす》に足を組んですわり、彼をとりまく漂流物をながめてい

コクトー、ある昼さがり

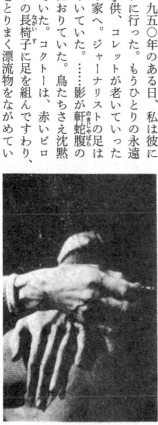

た。その上には彼の思い出が重たくのしかかって。ギュスターヴ・ドレの石版画……レーモン・ラディゲのテラコッタ……ドラクロアのファウスト……ランボーとサラ・ベルナールの写真……マラルメと、レオン・ドーデによる十五歳のときのコクトー自身。コクトーは話していた。少年時代をよみがえらせた。ある朝彼がメゾン＝ラフィットではじめて煙草をふかしながら感じた、ぜいたくと自由の感覚。彼の最初のヴェニス旅行。彼は母親と大運河の傾いた宮殿を訪れたが、そこへはバルザックの女主人公デルフィヌ・ヌシンゲンがラスティニャックを連れて行ったのだった……」

当時まだ兵役についていた若いボアデッフルを前にしてコクトーは彼のはなやかだった過去を次々に語ってゆく。

「若い兵士である私の輝く目の下で、老いたファウストは、夢想から夢想へ、彼の愛のさびしい場所をふたたび訪れるのだった。私は、コンコルド広場の湿った敷石を想像していた。そこでディアギレフは彼の肩をつかんだのだ。ニジンスキーの不平そうな目。ピカソが『パラード』の背景を描いたローマのアパルトマン。ベラールがエディップとスフィンクスとの出会いを木炭画に表わしたヴィニョン街のあの幽霊の出る部屋。マルセル・プルーストが硬《かた》く小さく青ざめて横たわっていた部屋……」

ボアデッフルの筆はさらにパセティックになり、コクトーの愛した死者たちをひとりびとり点呼することによって、コクトー自身の孤独を浮き彫りにする。

「彼らはどこにいるのか、それらの栄光の仲間たちは？
殺された海兵隊の水兵たち。
詩で一面おおわれた操縦席で焼死した、ロラン・ガロ。
友だちの手紙を整理しながら機関銃で殺された、ジャン・ル・ロア。
休戦の朝、発作で死んだ、ギョーム・アポリネール。
腸チフスで死んだ、ラディゲ。
アルザスで殺された、マルセル・キル。

17歳のコクトー、アルフォンス＝ドーデのデッサン

　ゲシュタポに拷問された、マックス・ジャコブ、ジャン・デボルド……
……
　死者たちの行列……
　彼にはこれらの囚人たち、これらの幽霊たちしか残っていないのだった……そして彼といっしょにフット・ライトに照らされながら挨拶《あいさつ》したあの聖なる怪物たちは、舞台からひっこんで、幕がおりた。

ピカソ、ジャン・ポール・サルトル、オーソン・ウェルズ……

一日の残りは、彼はずっとひとりだ」

そしてこの悲痛な肖像画の書き手はコクトーの家を出ながら考える――「彼の真実は、彼が群衆をまどわすために発明するさまざまなイメージの向こうに存在するにちがいない。……彼の作品のなかにこそ、彼の真実をさがさなければならない」

コクトーの作品についての覚書

ぼくのインクは白鳥の青い血で、その白鳥はより生きんがために必要ならば死にもするのだ。

（「平調曲」）

生まれながらの詩人　彼の仕事は芸術のほとんどすべてのジャンルにわたっている。すなわち、詩、小説、劇、バレエ、批評、デッサン、映画。しかし、たとえ形式が何であろうとも、彼の作品はひとしく詩である。事実、彼は彼の作品をすべて詩の名によって統一している。すなわち、小説は poésie de roman 小説の詩であり、劇は poésie de théâtre 劇の詩であり、批評は poésie critique 批評の詩であり、映画は poésie cinématographique 映画の詩であり、絵は poésie graphique 図形の詩である。

「ぼくの立法は簡単だ」とコクトーはそれを説明する、「ぼくと詩とを混合しないこと。彼女（詩）は自分からやって来なければいけない。ぼくはただテーブルをつくろうとする。それからそのテーブルで食べたり、彼女（詩）に質問をしたり、彼女といっしょに火をつけたりするのは、きみたちなのだ」。すなわち、その「テーブル」がときには小説となり、劇となり、批評となり、映画となり、絵となるだけだ。また、コクトーはこんなふうにも言っている――「ぼくは生まれつきの職人、労働者なのだ。ぼくはどうしても手を使わずにはいられない。机に向かって、紙や本を見つめているのは退屈でやりきれない。ぼくはインテリではないのだ」

そう、彼は本質的に職人なのだ。彼ほど発展というものを知らない作家はいない。初期の作品、といっても、『アラディンのランプ』、『軽薄な王子』、『ソフォクレスの踊り』はコクトー自身が、自分の作品と認めることを拒んでいるのだから、それらは除いて、たとえば、『ポトマック』（小説）、『喜望峰』（詩集）、『雄鶏とアルルカン』（批評）から、中期の『恐るべき子供たち』（小説）、『オペラ』（詩集）、『詩人の血』（映画）をとおって、後期の『双頭の鷲』（劇および映画）、『存在の困難』（批評）、『レオーヌ』（詩集）等に至るまで、そこに歌われ描かれ主張されていることは変わらない。

逆説の真実　主張されているのは――「青年は確実な証券を買ってはならない」

(『雄鶏とアルルカン』)、「生きているあいだは人間で、死んでから芸術家たるべきだ」(同上)、「スタイルは出発点になるまい。それは結果として現われるべきだ。スタイルとは何か。多くの人にとっては実に簡単なことを複雑に言う方法である。ぼくたちにとっては複雑なことを簡単に言う方法である」(『職業の秘密』)、「完成された確実な作品でもすぐ足の下から見れば、たとえばエッフェル塔を土台から鼻を空に向けてながめたときのように、その建築は醜く見える」(同上)、「だいぶ前から、イメージのためのイメージが、詩を害している。詩集はイメージ集、比喩《ひゆ》の連続だった。それでみなは猿まねの趣味を満足させることができたのだ」(同上)、「サティとピカソは行く先を知らないという非難を、ぼくは何度も聞いた。ある日ピカソはキュビスムを断念し、また別の日にはサティが後ろを向いて歩きだす。すると彼らは新人のように扱われる。これが奇蹟《きせき》というものだ」(『無秩序と考えられた秩序について』)、「ある時代が混乱して見えるのは、見るほうの精神が混乱しているからにすぎない」(同上)、「ぼくが述べる純粋さは、残念ながら非常に不純に見えるだろう。ぼくの平和はびっこをひいており、ぼくのパルテノンは歪《ゆが》んで見えるだろう。しかし世界の顔は変わる。それにつれてクレオパトラの鼻は変わるのだ」(同上)

精神の軽業師　そして歌われているのは——天使であり、眠りであり、夢であり、鏡であり、非情なミューズであり、眠りを破る雄鶏《おんどり》であり、あえてひとつのイメージに収斂《しゅうれん》すれば、虚空のなかを綱渡りする夢遊病者、すなわち、夢遊病者のように生と死とのあいだを往き来する詩人である。たとえば、

二十八日の夜のことだ、ぼくがレオーヌを夢に見たのは。
夜の上にその牝獅子《リオーヌ》の足をおきながら
彼女（レオーヌ）は消えた火のあいだを歩いていた……

ではじまる長詩「レオーヌ」の次のような一節——

屋根は夢遊病者の最良の友人だ。
軽業師でも危いほど高いところに
屋根裏部屋から出てくる若者たちと
彼らに挨拶し、彼らに道を教え
そして母親さながらに彼らの手をとる死とが見える。
このように夢の法則によってぼくは空を歩く。
このようにぼくが沿って行くこの空間は親切だ。

このようにレオーヌは慎重に立ち向かう
星座の砕れたダイヤモンドに。

レオーヌ（詩神）はこうして、ちょうどダンテにとってのベアトリチェのように、詩人を空間と時間のなかの果てしのない放浪に連れ出す。詩人は眠りながら夜の街のなかを、過去のなかを、宇宙のなかを遍歴する。そして彼自身の作品のなかにまで足を踏み入れるだろう。すなわち、

ところでトリスタンは「犠牲館」に住んでいた。彼は劇場の傷ついて、書き割りの上にのせられて、ブルターニュの岸の吹き晒《さら》しのなかで待っていたは、映画『永劫回帰』の思い出であり、

それはルノーだった。アルミッドの策略に囚われて
彼は湿った毛で香をたかれて眠っていた

は、劇『ルノーとアルミッド』の反響だ。

詩人の魂の自伝　このように「レオーヌ」は詩人の魂の自伝でもあり、そしてそのことは、コクトーの詩だけではなくあらゆるジャンルの作品についても言えることだ。たとえば、『ポトマック』は詩と散文とデッサンとによる一種の自伝小説である。あるいは、小説『大股びらき』の主人公ジャック・フォレスティエの肖像のなかに作者コクトーのそれを読むことはきわめて容易である。あるいはまた中世伝説による劇『円卓の騎士』はコクトーの阿片中毒治療の苦しい体験を物語る。そして、劇『オルフェ』と同名の映画および同じく映画『オルフェの遺言』こそはまさしく詩人の魂の自伝以外の何ものでもない。そこには、天使がい、死神がい、眠りがあり、鏡があり、「美よりも速く走る」オートバイがあって、詩人のあらゆる作品のなかに現われる道具立てがすべてそろっている。そう、詩人の秘儀にあずからない人間にはただの「がらくたにしか見えない」、あのエリザベートとポールとの宝物、「イギリスの鍵、アスピリンの容器、アルミニュウムの指環」が……

『恐るべき子供たち』の世界　『恐るべき子供たち』のエリザベートとポールは秘儀にあずかった人物たちだ。姉は「聖女」であり「巫女《みこ》」であり、弟とともに遠くへ「出かける」ことができる。すなわち、「……なま優しい眠り方ではなかった。ポールは細紐《ほそひも》や、食物や、神聖な装飾品で囲まれたまま、木乃伊《ミイラ》になってあの世に旅だってしまうのだ」。言いかえれば、二人は、作者コクトー自身と同様に、「大人に対立する危険な種族、子供の種族」なのだ。しかしこの世界は二人の「部屋」を除いて二人に対立する大人たちによって支配されている。二人ははじめからこの世界には生きられないように、つまり死ぬべく、運命づけられているのだ。

ある雪の日（雪の白が二人の子供たちの純潔の象徴であることに注意しよう）、死の国からの合図が雪の白い球としてポールにとどけられる。その球をポールに投げたダルジュロは死神だ。死神はポールが永遠に「出かける」ことを可能にしてくれるだろう。ポールはそれゆえにダルジュロを愛するのだ。ちょうどオルフェが死神を愛するように。

コクトーの描くモンティエ街

世界は、大人は、ジェラールとアガートの姿を借りて、二人の「部屋」に侵入してくる。破局は、そのアガートのうちにポールがダルジュロを見たことから、起こる。すなわち、「アガートはポールの方を向いて、白い台紙を振り上げた。その瞬間、ポールは真紅な陰の中で、雪の球を振り上げたあのダルジュロの姿を見た」。それは恐ろしい誤解である。そんな誤解を、「聖女」エリザベートは絶対に許すことはできない。彼女はアガートを同族のジェラールに結びつけることによってポールから引き離す。嘘《うそ》によって。だが、「聖女」は嘘をついてはならない。

死神ダルジュロは、そのときを待っていたように、ふたたび死の国から合図を送ってよこす。今度は黒い球だ。毒薬だ。死神を愛しているポールはよろこんでそれを口に含む。

わたしが死ぬのに、あなたは生きている。
　それを思うと目が醒める！
　　そんな恐怖が他にあるだろうか？
（「平調曲」）

「聖女」は、ポールの目を見つめることによってアガートの腕のなかからポールをとりもどし終わると、みずからのこめかみにピストルを打ちこむ。同時に、二人の「宝物」を容れ、そして二人の秘儀が行なわれていた「部屋」は崩壊する。外部の「大人」たちの目にさらされて（「秘密な『部屋』での芝居が観客たちの前にさらけ出された。この観客たちを、ポールは窓ガラスの外にはっきりと見た」）、一瞬のうちに、秘儀はスキャンダルに、神秘劇はメロドラマに変わる。すなわち、「アガートはがたがたふるえながら身をかがめた。だが、彼女はどうしようというのだ。……ポールの眼は消えてしまった。糸は切れた。飛び去ってしまった『部屋』の中には、ただ、悪臭と、縮み遠ざかり消えて行く一人の婦人とが、隠れ場の上にいるばかりだった」
外では、雪が降っている、あのポールがダルジュロの雪の球を受けた日と同じように。

このようなゆるぎない結構と、その主題（おのれの運命の受容）とにおいて、まさに古典悲劇を思わせるこの小説を、コクトーは阿片中毒の治療のために何度目にか入院したとき三週間足らずで書き上げたという。

コクトーと現代　最後に、コクトーの小説の今日的な意味を明らかにしている二つの評言を記しておく。

「コクトーの小説は今日の『アンチ＝ロマン』の序文である。そこでは、ドラマはアレゴリーに還元され、物語は、寓話に傾瀉《けいしゃ》される。そして情念は象徴に仮装されるのだ」

（ボアデッフル）

「この小説（『恐るべき子供たち』）の道具立てを造るにあたってのコクトーの細心さは、今日の視線派を予告している」

（ジェラール・ムールグ）

年譜

一八八九年

七月五日、ジャン・コクトー、セーヌ・エ・オアーズ県、メゾン・ラフィットに生まれる。

一八九九年　一〇歳

父親の死とともにパリに移る。

一九〇〇年　一一歳

リセ・コンドルセへ通学しはじめる。

一九〇六年　一七歳

フェミナ劇場にてコクトーのために詩の会が催される。雑誌『シェヘラザード』創刊。文壇および社交界に出入りして、カテュール・マンデス、エドモン・ロスタン、リュシアン・ドーデ、ジュール・ルメートル、アンナ・ド・ノアイユ、マルセル・プルーストらを知る。アラン・フールニエ、シャルル・ペギー、フランソア・モーリヤックらとまじわる。

一九〇九年　二〇歳

詩集『アラディンのランプ』

一九一〇年　二一歳

詩集『軽薄な王子』

一九一二年　二三歳

詩集『ソフォクレスの踊り』

ジィドおよびゲオンを知る（二人は『M・R・F』誌上にコクトーについて批評を書いた）。ロシア・バレエの創立者ディアギレフおよび作曲家ストラヴィンスキーを知る。「ディアギレフに出会ったとき、彼はぼくにこう言った――ぼくを驚かせてみたまえ。この言葉がぼくの頭にがーんとひびいた」と、のちにコクトーは語り、また、ストラヴィンスキーについては、「春の祭典」は彼を根底からくつがえしたと述べている。

一九一三年　二四歳

「春の祭典」初演。コクトーはストラヴィンスキーをスイスに連れて行き、そこで小説『ポトマック』を完成する。コクトーは言う――「『ポトマック』は、言ってみれば、ジィドの『地の糧』を皮肉な調子で敷《ふ》衍《えん》したものとみていいでしょう。登場人物たちの名まえはみな薬品から借りたものです……この本が読者にとって薬の役割を果たしてくれるようにというのがぼくの願いでした」

一九一四年　　二五歳
第一次世界大戦勃発。

一九一五年　　二六歳
民間救護班の一員として戦場へおもむく。後、もぐりの海軍陸戦隊員となる。発覚し、補助兵としてパリに移される。このときの体験がのちに小説『詐欺師トマ』の素材を提供する。飛行家ロラン・ガロ、作曲家エリック・サティおよびポール・モーランを知る。

一九一六年　　二七歳
モディリアニ、アポリネール、マックス・ジャコブ、ポール・ルヴェルディ、アンドレ・サルモン、ブレーズ・サンドラールらとモンパルナスに出没する。ピカソを知る。

一九一七年　　二八歳
エリック・サティの音楽、ピカソの舞台装置によって『パラード』初演。スキャンダルとなる。「みんなはよってたかってぼくらを殺そうとした。ちょうどそこへ軍服のアポリネールが頭に包帯をして現われた。そのおかげで、というのは当時人人は負傷兵に対して敬意をもっていたので、ぼくらの命は助かった」。けれども、彼はのちに書くだろう――「ぼくのような孤独な芸術家にはスキャンダルが必要なのだ。スキャンダルのたびごとにぼくは成長した」

一九一八年　二九歳

一一月一一日、アポリネール死ぬ。サンドラールとシレーヌ書店をつくり、批評『雄鶏とアルルカン』を出版する。若い音楽家たち（のちにいわゆる「六人組」となる）と音楽と詩の集まりをもつ。

一九一九年　三〇歳

詩集『喜望峰』、『ピカソへのオード』。レーモン・ラディゲを知る。

一九二〇年　三一歳

劇『屋上の牡牛』上演（装置ラウル・デュフィ、音楽ダリウス・ミヨー）。『詩集』（一九一七―一九二〇）および『白紙』（前年『パリ・ミディ』紙上に連載した批評を集めたもの）出版。

一九二一年　三二歳

『エッフェル塔の花婿花嫁』上演。スキャンダル。

一九二二年　三三歳

詩集『語彙』、批評『職業の秘密』。『オイディプス王』の翻案、および同じく翻案の『アンチゴーヌ』初演（舞台装置ピカソ、音楽オネゲル）。

一九二三年　三四歳

詩集『平調曲』、小説『大股びらき』、小説『詐欺師トマ』、批評『ピカソ』。『詐欺師トマ』についてコクトーは言う――「ラディゲはいわば『クレーヴの奥方』の前にカンヴァスを立てて、『ドルジェル伯の舞踏会』を作り、ぼくは『パルムの僧院』の前にカンヴァスを立てて『詐欺師トマ』を書いた」

一二月一二日、ラディゲ死ぬ。

一九二四年　三五歳

ラディゲを失った悲しみを阿片によってまぎらそうとする。小説『ポトマック』決定版。一九一八年に翻案した『ロメオとジュリエット』初演。

一九二五年　三六歳

ジャック・マリタンおよびポール・ルヴェルディのすすめで阿片中毒の治療。クリスチャン・ベラールを知る。シュールレアリストとの不和。一〇月、ジャック・マリタンと文通。詩『天使ウルトビーズ』。

一九二六年　三七歳

劇『オルフェ』初演（装置ジャン・ユゴー）。コクトー言う――「死についての真剣な瞑想と、死を茶化した道化芝居と、この二つの要素をおりこんでできあがったのが『オルフェ』なのです」。批評『秩序へ戻れ』（「雄鶏とアルルカン」、「白紙」、「モーリス・バレス訪問」、「職業の秘密」、「無秩序とみなされる秩序について」、「『詐欺師トマ』の周辺」、「ピカソ」を含む）。『ジャック・マリタンへの手紙』。カトリックへ接近。デボルドを知る。

一九二七年　　三八歳

詩集『オペラ』。コクトー言う――「とうとうぼく自身の神話学を見つけることができた」

一九二八年　　三九歳

小説『白い本』（著者名および出版者名なし）。序文、デボルドの小説『われ熱愛す』への序文、カトリック教徒のあいだでスキャンダルとなる。

一九二九年　　四〇歳

小説『恐るべき子供たち』

一九三〇年　　四一歳

劇『声』上演（装置クリスチャン・ベラール）。コクトー言う――「『声』は女優のためのソロなのです。ちょうどピアニストやヴァイオリニストのためにソロがあるように」。批評『阿片』

一九三二年　　四三歳

映画『詩人の血』。批評『間接批評の試み』。詩選集。

一九三三年　　四四歳

小説『マルセイユの幽霊』

一九三四年　　　四五歳

劇『地獄の機械』、ルイ・ジュヴェによって上演。

一九三五年　　　四六歳

批評『肖像＝思い出』（前年、『フィガロ』紙に連載したいわば思い出のひとびとを集めたもの）

一九三七年　　　四八歳

劇『円卓の騎士』上演（この芝居で、ジャン・マレーはデビューした）。批評『わが初旅』。（前年に行なった八十日間の世界旅行の体験記）

一九三八年　　　四九歳

劇『恐るべき親たち』上演。スキャンダル。しかしのちにコクトーの劇作品のうちもっとも完璧なものと評される。コクトー言う——「この芝居はジャン・マレーと彼の母親とのあいだの愛情とその不幸な葛藤《かっとう》とを土台にして書いた。『恐るべき子供たち』と同様、不倫だと騒ぎたてられたが、そんなはずはない。いったい、みんなはどこからそんなことをほじくり出してくるのか、多分性的倒錯にでも陥っているのだろう」

一九四〇年　　　五一歳

小説『ポトマックの終り』。劇『神聖な怪物』上演（装置クリスチャン・ベラール）。

一九四一年　五二歳
詩集『寓意』。劇『タイプライター』上演（装置クリスチャン・ベラール）。

一九四二年　五三歳
映画『永劫回帰』（日本題名『悲恋』）。ジャン・ジュネのために法廷に立つ。

一九四三年　五四歳
劇『ルノーとアルミッド』上演（衣裳および装置クリスチャン・ベラール）。この劇は古典的なアレクサンドランで書かれている。批評『グレコ』。映画『幽霊男爵』

一九四四年　五五歳
詩『レオーヌ』完成。

一九四五年　五六歳
映画『美女と野獣』

一九四六年　五七歳
詩『磔刑』。劇『双頭の鷲』（衣裳クリスチャン・ベラール、装置アンドレ・ボールペール、音楽ジョルジュ・オーリック）。

一九四七年　五八歳
批評『存在の困難』。このエッセイ集はフランス・モラリストの伝統に直結している。

映画『オルフェ』を企画。

一九四八年　五九歳

タピスリ『ジュディットとホロフェルヌ』。映画『恐るべき親たち』、同『双頭の鷲』

一九四九年　六〇歳

一月、アメリカへ旅行。飛行機のなかで「アメリカ人への手紙」を書く。批評『フランスの女王たち』、批評『デュフィ』

一九五〇年　六一歳

批評『モディリアニ』。映画『恐るべき子供たち』

一九五一年　六二歳

劇『バッカス』上演（マドレーヌ・ルノー＝ジャン・ルイ・バロー一座による）。スキャンダル。この劇を非難したモーリャックに対して反駁する。批評『ジャン・マレー』、映画『オルフェ』

一九五二年　六三歳

詩集『数字七』。批評『未知の男の日記』。批評『生けるジィド』

一九五三年　六四歳

詩＝オブジェ『永遠のレース』。詩集『倚《い》音《おん》』（モディリアニとハンス・ベルメールによるコクトーの肖像を含む）

一九五四年　六五歳
詩集『明暗』

一九五五年　六六歳
アカデミー・フランセーズおよびベルギー国立アカデミーにはいる。

一九五六年　六七歳
マントン市役所とヴィルフランシュ・シュル・メールの聖ピエール教会堂との壁画に着手。『詩集一九一六―一九五五』。

一九五九年　七〇歳
映画『オルフェの遺言』。詩集『死者たちのゴンドラ』

一九六一年　七二歳
詩集『レクイエム』。批評『オルフェの遺言についての覚書』。

一九六二年　七三歳
劇『パレ・ロワイヤル即興』（東京において初演）。批評『ピカソ』

一九六三年　七四歳
批評『アンナ・ド・ノワイユ』
一〇月一一日、ミリ・ラ・フォレにて死去。

この年譜は左記の書を参考にして作成したが、異同多く（とくに晩年）、他日を期してより完璧なものとしたい。

André Fraigneau:《Cocteau par lui-même》
Roger Lannes:《Jean Cocteau》
Jean-Jacques Kihm:《Cocteau》
コクトー『わが生活と詩』（片岡美智訳編）

あとがき

この本を読みながらコクトーに油絵を描かせたらずいぶん奇妙なものを描くだろうと思った。画家の私から見ると、この詩小説はほとんど色彩を感じない。「恐るべき子供たち」はコクトーの詩小説の中でも、特に神経の鋭いものだと思うが、彼のパレットには灰色か白か、さもなければ燻銀《いぶしぎん》のような黒しか並べていないようである。たまたま消防ポンプのあの毒々しい赤を閃光《せんこう》のように投げかけたりするが、瞬間的な効果であって、基調色とはならない。阿片を吸って、茫漠《ぼうばく》とさまよう空間には不思議と色を感じないそうだが、コクトーの感覚はその類であるのかもわからない。日陰の植物があお白い本能のままに、ひょろひょろと伸びてゆく感じが、同性愛や盗みや虚偽や愛情や毒薬や巨万の富を濫費《らんぴ》する無目的な混乱の中に子供たちの感覚だけを露出している。あくまでもあおざめた神経のもつれと、純粋なるがゆえの堪えがたい虚無である。

コクトーはこの詩小説をかつて子供だった自分自身の魂で書いたと思われるし、私は私で、子供のころの秘密が次から次に暴露されるような気がして狼狽《ろうばい》した。

訳者

本書は、角川文庫旧版『怖るべき子供たち』（一九五三年初版、一九九七年改版）を底本とし、文字を大きく新装改版しました。この際に、著作権継承者の了解を得て、タイトル表記を改めました。また、明らかに誤りと思われる文字については、最小の範囲で改めました。

なお、本書中には、びっこ、狂人、気違い、アルコール中毒、乞食、淫売婦、コカイン中毒、支那など、今日の人権擁護の見地や医療知識に照らして、不適切と思われる語句や表現、また、汚らわしいユダヤ人など、ユダヤ人に対する不当な表現がありますが、著訳者が故人であること、作品自体の文学性・芸術性を考え合わせ、原文のままとしました。

（編集部）

恐《おそ》るべき子《こ》供《ども》たち

ジャン・コクトー　東郷青児《とうごうせいじ》＝訳

昭和28年 3月30日　初版発行
令和2年 7月25日　改版初版発行
令和6年 11月30日　改版4版発行

発行者●山下直久

発行●株式会社KADOKAWA
〒102-8177　東京都千代田区富士見2-13-3
電話　0570-002-301（ナビダイヤル）

角川文庫 22221

印刷所●株式会社KADOKAWA
製本所●株式会社KADOKAWA

表紙画●和田三造

●お問い合わせ
https://www.kadokawa.co.jp/（「お問い合わせ」へお進みください）
※内容によっては、お答えできない場合があります。
※サポートは日本国内のみとさせていただきます。
※Japanese text only

ISBN 978-4-04-109246-0　C0197